文春文庫

真夏の犬

宮本輝

真夏の犬　目次

真夏の犬

真夏の犬

ぼくの住んでいるところから、歩いて十五分ばかり北へ行くと、その年の夏、日本人で初めて、ヨットで太平洋を横断した青年の実家があった。その話題で日本中が大騒ぎをしていたので、ぼくの友だちも、その英雄の家と両親をひと目見ようと、しょっちゅう誘いに来たが、ぼくは行けなかった。

それまで、雀荘《ジャンそう》に入りびたっているか、もしくは一週間も二週間も行方をくらまして、家に帰ってこなかった父が、突然、大金を持って帰って来、これから毎月、この倍近い収入があるのだと、幾分昂揚した口調で言ったあと、ぼくにその仕事を手伝うよう命じたからだ。

だから、その年、中学二年生のぼくは、夏休みの後半すべてを、大阪の北西部に位置する工場街の、そこだけ閑散と静まり返って、近辺に滅多に人の姿の見られない、だだっ広い空地で、朝早くから日が暮れるまですごすはめになった。

父が、高額の定収入を得る仕事を思いついたのは、行きつけの雀荘の主人の何気ないひとことからだったそうだ。雀荘の主人には、腹違いの弟がいて、その男は大阪中古車部品組合の世話役だった。組合に加盟している中古車部品屋たちは、仕入れてきた廃車の置き場所に困っている。土地はだんだん高くなるし、中古車部品の業界はジリ貧傾向で、廃車を積みあげるための土地を持つ余裕はない。雀荘の主人は、そんなことを常連客の誰かに話したあと、

「あいつらも、所詮、小商人《こあきんど》やから、組合の使い方を知りよれへん」

と言った。父は、その組合の理事の中に、昔の知人がいることを思い出したが、同時に名案も思いついたのだった。組合で金を出し合って、どこか空いている土地を借り、そこに各々が仕入れてきた廃車を置けばいいではないかと。

ぼくは、父がどうやって千五百坪の空地を大阪市内で捜し出し、その持ち主とどんな契約を結び、いかなる交渉の末に、組合の意見をまとめて金を出させることに成功したのかは知らない。だが、放蕩で山師みたいな性分の夫の、何度も事業を旗上げしてはつぶし、そのたびに借金取りに追われるという生活に疲れ果て、長く定収入のないことで憔悴《しょうすい》していた母が、まるで天から降ってき

たかのような商売と、それによる大金のほとんどを手渡された際の表情は、ぼくまでを歓びのあまり、アパートの部屋の隅で、でんぐり返りをさせたほどだった。

母は、そんなぼくを微笑みながら見やり、大金を胸に抱いて、

「お父ちゃんは、やっぱり、いざとなったら頼りになる人やなァ」

と震える声で言った。

ぼくに与えられた仕事は、朝の七時から夜の七時まで、その廃車置き場に坐っていることである。タイヤや、まだ使える部品を盗まれないように見張っていればいいのだった。

ぼくは、近所に住む青年が、ひとりでヨットに乗って太平洋の横断に成功した三日後、つまり昭和三十七年八月十五日に、福島西通りから市電に乗り、千鳥橋へと向かった。ナップ・ザックの中には、麦茶と、母が作ってくれた弁当、それにトランジスタラジオが入っていた。夏休みの残りを、仕事の手伝いで費やす代償として、前日の夜、父が日本橋の電機店で買ってくれたのである。

千鳥橋で市電から降りると、ぼくは父が書いてくれた地図を頼りに、海とは反対側への道を歩いて行った。市電の停留所の前に、小さな商店街があったが、

メタンガスのあぶくが湧くドブ川に架かった橋のところまで来ると、もうそこは小規模な工場が密集する地帯だった。

ぼくは橋を渡って右に曲がり、ドブ川に沿った道を進んだ。あちこちに、工場の煙突が見えるのに、そしてそろそろ出勤の時間なのに、ぼくの視界には、行けども行けども人間の姿は映らなかった。あるのは、臭い川と工場と、錆びた有刺鉄線で囲まれた空地と、そこに群生する雑草だけである。

やがて、〈山川物産〉とペンキで書かれた倉庫の壁が見えた。倉庫は三軒並んでいて、その手前の広い空地には、すでにきのう運ばれて来た廃車が四、五十台置かれてあった。車が通れるだけの幅にわたって、有刺鉄線は切断され、丸められて、フロントガラスのないシボレーの屋根に載せてあった。ぼくは、廃車の並ぶ空地の真ん中で立ち停まり、日陰を捜した。一台の、とりわけ大きなダンプカーは、廃車ではあったが、ほとんど原形のままで、空地に敷かれた穴ぼこだらけのコンクリートに菱形の影を落としていた。ぼくは、そのダンプカーの周りを居場所に定め、麦茶の入っている水筒と弁当箱を出し、ナップ・ザックを敷いて、そこに腰を降ろした。

ぼくは、たった三十分のあいだに、何度時計に目をやったことだろう。三十分という時間が、どれほど長いかに感心し、このまま夜の七時まで見張りつづけることに、退屈を通り越して、ある種の恐怖を抱いたほどだった。ダンプカーの周りの影は、太陽と一緒に動いた。ぼくは、ダンプカーの周りを、時計の針と同じ方向に、少しずつ移動しなければならなかった。あんなにも欲しかったトランジスタラジオを買ってもらったというのに、ぼくが、そこから聞こえてくる声や音楽に心を傾けなかったのは、想像以上の暑さのせいもあったが、たとえ廃車にせよ何十台もの車があり、倉庫があり、見渡せば工場の建物が見えていながら、あたりに人の気配が微塵も感じられなかったからである。

動きを停めたかのような時間と、うだるような暑さと、必ず近くにいるはずの人間の気配が遮断された場所に何もせず坐りつづけていることは、たった二時間のあいだに、麦茶の入った水筒を空《から》にさせた。

ぼくは、最後の一滴を舌に垂らすと、廃車置き場から川沿いの道に出、市電の停留所まで小走りで行った。薄暗い商店街にある食堂に入り、かき氷を注文して、年老いた主人の目を盗み、大きなやかんから水筒に麦茶を移した。時間をかけて、かき氷を食べ、食堂のコップで麦茶を何杯も飲み、廃車置き場に戻った。その時点で、時計の針は、やっと十時をさしていた。

昼になると、影は、ダンプカーの下にしか見当たらなくなった。仕方なく、ぼくはダンプカーの下にもぐり込んで、弁当箱をあけた。グリース油や重油の匂いが頭上にあった。工場のサイレンを遠くに聞きながら、ぼくは弁当を食べた。そうしているうちに、この相当な年代物のダンプカーは、シャフトやスプリングのことごとくが腐っているのではあるまいかと考え始め、いまにもシャシーが折れて、下にいるぼくをぐしゃぐしゃにつぶしてしまいそうな気がしてきたのだった。

しかし、そんなぼくの不安をかき消したのは、弁当の匂いに誘われて、どこかから集まって来た六匹の野良犬たちである。

犬たちは、長く垂らした舌の上に泡を載せ、低い唸《うな》り声を立てて、ダンプカーの周りを取り囲み、ときおり威嚇するかのように、背中の毛を逆立てた。ぼくは、残っていた玉子焼きふたきれと焼いた鱈子《たらこ》を遠くへ投げた。野良犬たちが一斉にそこへ群らがった隙に、水筒とトランジスタラジオをつかんでダンプカーの下から這い出て、そのまま市電の停留所まで走り、アパートに逃げ帰ったのである。

その夜、ぼくは、もうあそこには行きたくないと父に言った。狂犬病の犬が十四もいた、と。

「あほんだら！　それでもお前は男か。何のためにチンポの毛が生えてきたんや」

父はそう怒鳴って、九月になれば、バラック小屋を建て、守衛を雇う予定だが、それまでは、お前に手伝ってもらうしかないのだと、ふいにさとすようにつけくわえた。ぼくは、部屋の隅で膝をかかえ、

「どこにも逃げるとこがあらへんねん。車の中に入ったら、暑さでミイラになってしまうでェ。あしたになったら、もっと、ぎょうさんの野良犬が来よる。みんな狂犬病にかかっとんねん。噛《か》まれたら、ぼくも狂犬病になるやんか」

と半泣きになって訴えた。すると父は、どこかに出かけるためにドアを開きかけ、

「あそこには野良犬はいてるけど、俺が見た野良犬の中に、狂犬病にかかってるのは一匹もおらへんかった」

そう言い残して、扇子で胸のあたりをあおぎながら出て行った。それまで無

言でいた母が、食卓の上を片づけてから、

「あした、お母ちゃんの日傘を持って行き。そのダンプカーの荷台に乗ってたら、野良犬が来ても安全やろ？」

と言った。ぼくは、母に背を向けて横たわり、

「どんなに暑いか、お母ちゃんは知らんのや。日傘なんか、何の役にもたてへんわ」

そうつぶやいて、壁を蹴った。ぼくも母も、てっきり雀荘に行ったとばかり思っていたのだが、父は一時間もたたないうちに帰って来て、油紙に包まれたパチンコをぼくに投げてよこした。それは、小学生のころに、おもちゃ屋で売っていたような、ちゃちなパチンコではなく、金具もゴムも頑丈で、相当な威力がありそうだった。

「近くから撃ったら、人間でも殺せるほどのパチンコや。それで撃ったれ。動物っちゅうのは、自分より強いやつとはケンカをしよれへん」

どこで、こんなものを手に入れて来たのか、いくら訊《き》いても、父はただ笑うだけで教えてくれなかった。パチンコのゴムを引いて、その威力を確かめているぼくに、父は脅すように言った。

「車の部品を盗まれるのは、昼間よりも夜のほうが危ない。お前、暑いのがいややったら、夜に行くか？　それやったら、車の中で寝てるだけでええんや」

ぼくは慌《あわ》てて、昼間行くと言い、ふと、夜も誰かがあそこで見張りをしているのだろうかと考えた。それで、ぼくはそのことを父に訊いた。

「ああ、知り合いの息子がアルバイトで行ってくれてるんや。大学生や」

父はそう答え、珍しく十時前に床につき、すぐに寝息を立てた。

翌日、ぼくは、新しく買ってもらった大きな魔法壜《まほうびん》に麦茶を入れ、弁当とパチンコとを風呂敷に包み、念のためにと無理矢理母に持たされた女物の日傘を肩に載せ、千鳥橋の廃車置き場に行った。途中、川沿いの道で、パチンコの弾にする小石を何十個もひろい、ズボンのポケットにしまった。

異常な静寂は、きのうよりもさらに強まったが、いつ、あの野良犬たちが襲ってくるかという恐怖のお陰で、時間のたつのは速まった。ぼくは、最初からダンプカーの下にもぐり、ひろった小石を弁当箱の横に並べ、パチンコを右手に持って四方に視線を配った。そうしながら、ときおり空地に転がっている割れた煉瓦《れんが》を標的にして、パチンコの練習をした。そのうち、ぼくは、その練習に没頭して、頭のてっぺんがグリース油で汚れることにも気づかなくなった。

それはおもちゃのパチンコよりも、はるかに命中率が高かった。

昼近く、野良犬たちがやって来た。ぼくは、先頭の犬の口をめがけて撃った。それは、口にではなく目に当たった。犬は、長く尾を曳くような濁った悲鳴をあげつづけて、その場でのたうちまわった。他の犬たちは、あっというまに、どこかに逃げて行き、やがて、片目をつぶされた犬も、ぼくの撃つ弾の何発かを背や尻に受けて逃げ去った。ぼくは、ダンプカーの下から出て、どこにも姿の見えない野良犬たちに向かって叫んだ。

「見たか！　人間を舐《な》めるな」

そして、映画のヒーローを真似て、高笑いをした。ぼくは、急に浮かれた気分になり、ダンプカーの近くで、石蹴りをして遊び、それに飽きると、運転席のドアをあけて中に入り、チェンジレバーを動かしたり、クラッチとアクセルを踏んだりした。気がつくと、運転席のシートも、計器盤も、ハンドルも、いやにきれいだった。廃車で野ざらしになっているのだから、埃だらけのはずなのに、小さなゴミすら落ちていなかった。ぼくは、何気なくダッシュボードをあけた。そこには、あきらかに雑巾か何かで拭いた跡があり、中身が少ししか減っていないウィスキーの壜と蚊取り線香が入っていた。

ぼくは夜にやって来るという大学生も、見張り場所兼寝場所として、このダンプカーを選んだのかと思った。ぼくは、なんだか見知らぬ人間の部屋に無断で入ってしまった気がして、外に出た。けれども、ぼくが運転席から出た大方の理由は、車内の猛烈な暑さのせいだった。フロントガラスや窓ガラスから射し込む真夏の太陽は、運転席のうしろに窮屈な仮眠室を持つダンプカーの車内のすべてを焼いて、まるで火のついたオーブンの中みたいにさせていたのである。ぼくは、再びダンプカーの下にもぐり、冷たい麦茶を飲んだ。きっと、大学生がやって来る時分は、まだ車内には耐えがたい熱気が充満し、壜の中のウィスキーは、陽がすっかり沈んでからも湯気をたてているに違いないと思った。

ぼくは、用心しながら弁当を食べた。匂いに誘われて、さっきの野良犬たちが、また近づいて来るかもしれなかったからだ。けれども、ぼくが弁当を食べ終え、風呂敷の上で手枕をして横たわっても、野良犬たちは姿を見せなかった。

ぼくは、それでも午後三時近くまで、四方に視線を走らせつづけた。仲間の一匹が片目をつぶされたことで、野良犬たちは、もうぼくに近づくのを断念したのだ。ぼくはそう思い、緊張を解いて、あおむけに寝そべった。ドブ川の臭いを孕《はら》んで、熱い風が、ときおりぼくのいるダンプカーの下を吹き流れた。ぼくは、格子縞のシャツを脱ぎ、上半身裸になって、泥と油とが混ざり合ったまま ぶあつくへばりついているダンプカーの裏側を見つめた。運転席の下から長く伸びているプロペラシャフトの連結部にも、デフの中心部にも、黄緑色の澄んだ油が、いまにもしたたり落ちそうな形で滲み出ていた。それは、まるで泥に濾過《ろか》されて、油のエキスだけに化した美しい抽出液みたいだった。だが、その黄緑色の油が、板バネのスプリングからも、車軸のショック・アブソーバーからも、ガソリンタンクのカバーからも滲み出ているのに気づくにしたがって、ぼくには、それがだんだん膿《うみ》に見えてきたのである。この死んだダンプカーの腐れ膿みたいに……。

すると、きのうと同じ恐怖が甦った。ダンプカーの車体が崩れ落ちる音が、心の中で聞こえた。ぼくは、少しの震動をも起こさないよう息を詰め、ダンプカーの下から這い出た。小石の弾をつめたパチンコを持ったまま、直射日光が照りつける廃車置き場を歩きまわった。しかし、たちまち暑さに音《ね》をあげて、ダンプカーのところに戻り、前輪のタイヤの横に落ちている影の中に坐った。夏休みの終わる八月三十一日までの日々を考えると、むしょうに腹がたったり、情けなくなったりした。ぼくは、母の幸福を考えることで、自分を元気づけた。

きっと、この仕事は、いつまでも、ぼくたち一家に月々決まった収入をもたらし、母に久方ぶりの平安と幸福を与えつづけることだろう。あの汚いアパートから出て、自分たちの新しい家を手に入れるのも、そう遠い先のことではない。ぼくは、タイヤに凭《もた》れたまま、ズボンのベルトを外し、なんだか頼りなさそうな恥毛を見て、それに自分の息を吹きかけた。

父に命じられた七時という時間が、あと十分となったとき、ぼくは西陽に染まる廃車置き場の、その近くにだけは決して近づくまいと決めている、五台重ねて積みあげられたダットサンを見ながら、魔法壜の中の麦茶を飲み干した。そして、ダンプカーの荷台によじのぼり、その上で跳んだりはねたりしてみた。ダンプカーは、びくともしなかった。

「ダンプカーが腐ったりするかいや。ダンプカーが自然に崩れたなんて話、聞いたこともないわ」

ぼくはそうひとりごちてセメントのこびりつく荷台から降り、ダンプカーの下に置いてある風呂敷や日傘や弁当箱、それに一度もスウィッチを入れなかったトランジスタラジオを出した。

「おい、いつでも来いよ。目ェは可哀そうやから、耳を撃ったる。このパチンコで撃たれたら、お前らの耳なんか、ちぎれてしまうぞ」

ぼくは、見えない野良犬に言って、何か大仕事を為《な》し遂げた気分で家路についた。千鳥橋の停留所で市電を待っていると、反対側からやって来た市電から、地下足袋を履いた労務者風の男たちが何人も降り、商店街のほうに歩いて行った。長い髪にきついパーマをあてた二十二、三歳の女だけが、通りを渡って工場街のほうに向かった。布製の手提げ袋を持ち、水色のワンピースを着たその女の、若い娘らしくない青い横顔と、うなだれたうしろ姿を、どうしてぼくがいつまでも見つめつづけたのかはわからない。

ぼくは、それから一週間のあいだに、陽が沈みかけている千鳥橋の市電の停留所で、三回、その女を目にしたが、四回目に見たのは、川沿いの道でだった。ぼくが、橋の手前で振り返ると、女も振り返ってぼくを見ていた。


あと五日で、夏休みとぼくに与えられた仕事が終わるという日、小さな台風の影響で雨が降った。

「うわあ、雨や、雨や」

ぼくは、朝御飯を食べながら、もっと降れ、もっと降れと、はしゃいだ口調で言った。きょうは、ダンプカーの運転席で寝ていればいい。野良犬に神経を配る必要もなければ、ダンプカーの下で余計な不安にひたることもないのだった。あれ以来、毎日一度は、野良犬たちがやって来た。けれども、ぼくがパチンコを一発撃つと、それが当たらなくても逃げて行って、その日はそれきり姿をあらわさなかったのである。そして、あのダンプカーの膿は、いっそう量を増して、それを見つめているぼくを金縛りにさせたのである。

「お父ちゃん、どこへ行ってしもたんや？」

出がけに、ぼくは母に訊いた。母は、さあなァ……と言ったきり、もう五日も帰ってこない父のズボンにアイロンをかけ始めた。

雨は、昼ごろになると、ダンプカーの周りに沼みたいな水溜りを作った。けれども、運転席に寝そべって、雨の音を聴いていると、普段の数倍も、時間のたつのが速く感じられたし、まったく人間の気配がないという恐ろしさからも解き放たれたので、ぼくは、これからの五日間、ずっと雨が降ってくれればいいのにと思った。

ぼくが、弁当を食べ始めると、濡れそぼった野良犬が、倉庫と倉庫とのあいだにある通路から出て来た。ぼくは、この四、五日で野良犬の数が倍近くに増えたことが気がかりだったが、半分降ろした窓ガラスから、いつもよりも余裕をもってパチンコを撃った。だが、小石の弾は確かにボス格の茶色の犬に当ったはずなのに、やつらは後退しなかった。ぼくは不審に思いながら、つづけて三発撃った。一匹の犬の鼻から血が噴き出て、それは雨と一緒に犬の顎や胸に流れた。野良犬たちは、いつもは、全速力で逃げていくのに、その日は、倉庫と倉庫とのあいだにまで、行きつ戻りつしながら後退し、そこで群らがって横たわった。

ぼくは、次第に血の気が失せ、怯《おび》えて、うろたえ、小石の数をかぞえた。三十個近くあった。野良犬たちは、あるいは、パチンコの弾による威嚇に慣れたのかもしれない。ぼくはそう思い、やはり目をつぶしてやるのが最も効果的なのだと考えた。そして、改めて、狙いを定めたが、手が震え、ゴムを引きしぼる力までも喪くしていた。ぼくは落ち着こうとして、弁当を頬張った。雨の中の野良犬たちを見つめながら、最悪の場合を頭に描いた。小石が失くなってしまって、なお、やつらが退散しなかったら、と。ぼくは、ぼくと入れ換わりにやって来る大学生の存在を思い出し、彼に助けてもらおうと考えた。きっと、夜中にも、野良犬たちは来ているはずだ。その大学生も、それなりの対策を講じていることだろう。

　ぼくは、少し落ち着きを取り戻し、窓ガラスを閉めた。三十分もたたないうちに、フロントガラスも窓ガラスも、ぼくの吐く息と体温とでくもってしまった。そして同時に、湿った運転席には、まぎれもない化粧の匂いが立ち昇ったのである。それは極めて仄《ほの》かな匂いだったが、母の鏡台の引き出しをあけた際に漂う匂いと同じものだった。

　ダッシュボードをあけて、ウィスキーの減り具合を調べてみた。それは、半分ほどに減っていた。ぼくは、運転席のうしろのカーテンをあけ、仮眠室を覗《のぞ》き込んだ。真新しいタオルケットが敷いてあった。化粧の匂いは強くなった。ぼくは、そのタオルケットの上に、置き忘れられた父の扇子を見た。

　もし、その日、自動車部品屋の何人かが、廃車になったシボレーを取りにこなかったら、ぼくは、きっと廃車置き場で、あの女と出くわしていたことだろう。顔色の悪い、長い髪にきついパーマをあてた、美人でもなければ無器量でもない、だが妙に、人を振り返らせるものを持った、あの女と。

　自動車部品屋はトラックで廃車置き場にやって来ると、雨合羽を着て、シボレーをロープでトラックとつないだ。ぼくは、持って来たものをすべて風呂敷に包み、運転席から出ると、傘もささず、男たちのところに走った。男たちはぼくを見て、作業の手を停めた。ぼくは、部品泥棒を見張るアルバイトをしていることを説明し、野良犬たちを指差した。

「ぎょうさんいとるなァ」

頰髭の男が言った。ぼくは、風呂敷包みからパチンコを出し、これまでの、野良犬たちとの攻防戦を話して聞かせた。男たちは、声をあげて笑い、そのうちのひとりが、ぼくからパチンコと小石を取り、野良犬めがけて撃った。一発目も二発目も外れて、倉庫の壁に当たったが、三発目を肩に命中させた。撃たれた犬は、いったん跳ね起き、それから、五、六歩走って、ぬかるみに倒れ、しばらくもがいたあと、体を痙攣させながら逃げて行った。

「ゴムを引く力や。五十センチぐらい伸ばして撃ったら、どてっ腹に穴があくで」

と男は言った。ぼくは、男が教えてくれたとおり、パチンコを持つ腕を体から一番遠いところに固定し、力一杯ゴムを引いた。

「そうや。そうやって撃ったらええんや」

しかし、ぼくは、ダンプカーの運転席に戻る気になれなかった。男たちが、トラックでシボレーを引いて帰ると、ぼくは、傘をさして、どこへ行くあてもないまま、市電の停留所まで歩いた。いまさら傘をさしても仕方がないくらい、ぼくの全身は濡れていたが、なぜか、着換えるためにアパートに帰ろうとは思わなかった。幸福になっている母と顔を合わせたくなかったのである。

市電に揺られているあいだ、ぼくの脳裏には、ダンプカーの裏側の、いまにもしたたり落ちそうで、まだ一滴も落ちたことのないあの膿に似た油が、無数に映し出されていた。

ぼくは、自分の降りる停留所が近づいても、席から腰をあげなかった。一停留所向こうの浄正橋に住む友だちの家にでも行ってみようと思いたって、腰を浮かしかけたが、浄正橋に停まっても、ぼくは結局市電から降りず、桜橋を過ぎ、梅田新道を過ぎ、南森町を過ぎた。雨がやみ、代わって、風が強く吹き始めると、ぼくは心細くなってきて、車窓からの街並みに目をやった。造幣局の近くにまで来てしまったことに気づき、ぼくは次の停留所で市電から降りた。そして、千鳥橋の方向へ行く市電に乗り換えた。

何がどう汚らしいのか判然としないまま、ぼくは、

「汚らしい、汚らしい」

と胸の内でつぶやきつづけた。あんな汚らしいところに二度と行くものか。父に叱られて殴られても平気だ。こわれたものだらけの、あんなに暑くて寂しくて汚らしいところへなんか、もう行ったりしないぞ。あそこは野良犬の巣だ。人間の行かないところだ……。

けれども、ぼくは結局、また千鳥橋に戻ったのだった。商店街を抜け、アパートの建ち並ぶ一角を抜け、見知らぬ街を、あっちへ行ったりこっちへ行ったりしているうちに、ぼくは、あの女と父とが、ダンプカーの運転席で逢っているという証拠など、何ひとつないことに思い至った。ただ化粧の匂いがしただけなのだ。ただ父の扇子を見ただけなのだ。あの女は、廃車置き場のもっと向こうに住んでいるのだろう。父は、たまたま、夜、見張り番をしている知人の息子に用事があって、廃車置き場におもむき、扇子を忘れて帰ったのだ。いや、あれが父の扇子だと、なぜ自分は決めつけてしまったのだろう。扇子をひらいて図柄を見たわけでもないのに。

ぼくは、にわかに元気になって、市電の停留所へと歩き始めた。あと五日で、夏休みが終わる。そう思うと、嬉《うれ》しくてたまらなくなった。夏休みが一日も早く終わってくれるよう願ったのは、ぼくには初めてのことだった。

父は、その夜、九時ごろに帰って来て、しきりに母に冗談を言ったり、ぼくの労をねぎらう言葉を口にした。父がちゃんと扇子を持っていたので、ぼくは、はしゃいで、父と腕相撲をした。ぼくは、まだ到底父には勝てなかった。

翌日、台風が去った。真夏の太陽が復活し、熱い湿気の渦巻きがあちこちで動いているように思われた。いつもの時間に、廃車置き場に着いたぼくは、ダンプカーの下の水溜りを目にした瞬間、愕然として立ちつくし、野良犬たちの姿を捜し、太陽を見やった。直射日光から避けるための唯一の場所が乾くには、丸一日かかりそうだった。

ダンプカーの巨体が作る影に坐っていられたのは、午前中だけで、太陽が真上に来ると、ぼくには行き場が失くなった。そして、野良犬たちがやって来たのである。ぼくは、きのう、男に教えられたように、パチンコを持つ手を伸ばし、力一杯ゴムを引いた。引いたと同時に、ぼくは右目に烈しい衝撃を受けて倒れた。

ぼくが気を失っていた時間は、おそらく一分か二分程度であったろう。なぜなら、ぼくが意識を取り戻したとき、野良犬たちは、まだぼくのパチンコを警戒して、倉庫の壁ぎわに群らがっていたからだ。ぼくは右目をおさえて立ちあがり、何が起こったのかと考えた。パチンコのゴムが切れたことに気づくと、瞼ぼくの喉からかすれ声が洩れた。ぼくは、ダンプカーの荷台によじのぼり、瞼から流れる血を手の甲でぬぐった。十数匹に増えた犬たちは、ぼくは、いっこうにパチンコの弾を撃ってこないぼくを見ていたが、そのうち、一匹、また一匹と近づいて来た。ぼくは、自分の瞼が、どのくらい切れたのかわからないまま、ハンカチを当て、荷台の上から犬たちと向かい合った。

犬たちが、ダンプカーを取り囲み、風呂敷包みに群らがって、弁当箱の中身を奪い合って争いを始めたとき、ぼくは、荷台の隅で、くの字に体を曲げて横たわっている女の足を踏んだのである。ぼくはその横にしゃがみ込み、わけのわからない、悲鳴とも絶叫ともつかない声をあげつづけた。ぼくは、ダンプカーの屋根にのぼり、そこで四つん這いになって、女を見つめた。犬たちの何匹かが、荷台によじのぼろうとして、タイヤや車体のあちこちに爪を立てた。女は、ぼくの見た、あの女だった。女の爪の何枚かは剝がれ、そこから噴き出た血は乾いて黒くなっていた。水色のワンピースの胸の部分が破れ、乳房の周りにも黒い血がこびりついていた。ぼくは、ポケットの中から、パチンコの弾に使う小石をつかみ出し、女の体に投げた。しかし、そうする前に、ぼくは女が死んでいることに気づいていた。

荷台の後部に、空になったウィスキーの壜と、やはり空になった薬の壜が転がっていた。薬壜のラベルは、父が帰らない日がつづくと、母が毎夜常用する睡眠薬と同じものだった。〈ブロバリン〉と印刷されたラベルを見つめ、ダンプカーのバンパーに脚をかけてボンネットによじのぼろうとしては滑り落ちる野良犬たちを見つめたあと、ぼくは、顔の右半分を血だらけにしたまま、助けてェ、助けてェと大声で叫びつづけた。けれども、誰もやって来なかった。

ぼくの瞼からの血が停まったのは、犬たちが、ダンプカーによじのぼるのをあきらめ、その周りで腹這いになったり、歩きまわったりして、ひとときの静寂が訪れたころである。けれども、その静寂は、犬たちの烈《はげ》しい息遣いと、別の新しい生き物の音を大きく響かせた。それは数匹の蝿《はえ》であった。蝿は、女の頬や額を這い、すぐに飛びあがって、羽音をたて、次に、ふくらはぎや足の裏に停まった。

ダンプカーの屋根は、熱したフライパンと化していった。その上で、ぼくは、立ったり坐ったり四つん這いになったりして、ひたすら助けを求める声をあげつづけた。ぼくの顔からしたたり落ちる汗は、乾いた血を溶かして赤かった。

ぼくは、なるべく女を見ないようにして、荷台に背を向けていたが、そのうち、強い眩暈《めまい》に襲われ、何度も屋根から落ちそうになったので、ついに意を決して荷台に降り、後部の隅に膝をかかえて坐った。蠅は、女の内股を這っていた。蠅の数は見る間に増えていった。ぼくの右の瞼は腫れあがり、右目はほとんど見えなかった。女の長い髪が白く見えたり赤く見えたりした。犬はいっこうに去る気配はなく、そして、ぼくは死体の傍にいることに慣れていったが、喉の渇きと瞼の痛みが、ぼくに、ここで死ぬのではないかと思わせ始めた。

　ぼくが、助けを呼ぼうとして立ちあがると、それまで静かだった犬たちが、再び猛然と吠え、牙をむいて、荷台によじのぼろうとした。しかし、それが不可能であることを知ったぼくは、荷台の後部から屋根のほうへと、ふらつく足を運び、左目で、そっと女の横顔を見やって、死体も陽に灼けるのだろうかと、こわごわ顔を近づけてみた。もし、何度も目にした水色のワンピースを女が着ていなかったら、ぼくは、別の女だと思い込んだかもしれない。唇を固く閉じ、同じように固くつむった目は、何だか懸命に痛みをこらえているようで、生きていたときに垣間見せた、ものうげで優しそうなものは、ひとかけらもなかったからだ。

ぼくはダンプカーの屋根にのぼり、喉がつぶれるくらい、大声で助けを求めた。そうしながら、ときおり、女の、剝がれて、いまにも指先から落ちてしまいそうな爪を見やった。女の腕やふくらはぎが、最初に見たときよりも赤くなり、倍近く膨《ふく》れてきたのが、はたして暑さで速まった腐乱のせいなのか、焦点の合わなくなったぼくの視力のせいなのかわからないまま、ぼくは、少しでも日射病から自分を守ろうと、血で固くなっているハンカチを頭に載せて、また荷台におり、その隅でうずくまった。

ぼくと、女の死体は、七時間近くも真夏の太陽を浴びつづけた。ダンプカーや他の廃車の下にもぐりこんで涼をとれたのは、野良犬たちだけだった。二時ごろ、きのうの男たちがトラックでやって来たとき、ぼくは泣きながら手を振った。

ぼくは、警察に連れて行かれ、応急処置をうけ、氷で頭を冷やしてもらいながら事情を訊かれた。小一時間もすると、母が駆け込んで来た。ぼくは、パトカーに乗せられて、病院へ行き、傷の手当てをしてから点滴注射をされ、また警察に戻ったが、その際、父が別室で訊問を受けていることを母から教えられた。

女は、検死官が到着したとき、死後約八時間から十二時間と判定されたので、ぼくは、彼女が死んでから、わずか一時間ほどあとにその死体を見たことになる。ブロバリンによる睡眠薬自殺で、爪が剝がれているのは、苦しみのあまり荷台のへりを掻きむしったためであり、胸のひっかき傷も同様で、暴行された形跡はないと断定されたのは、夜の十一時だった。

ぼくは、父と母と一緒に警察署から出、夜道を歩いて市電の停留所まで行った。長いこと待って、最終電車に乗り、アパートへ帰った。その間、父も母もひとことも喋《しゃべ》らなかった。

アパートの部屋に帰り着くなり、父はあぐらをかき、

「暑いなァ」

とだけ言ったあと、荒々しい足取りで出て行った。

ぼくは、あの若い女と父とが、いかなる関係であったのかも詳しくは知らず、女がなぜ自殺したのかも知らない。知りたかったが、ぼくはそれを口にしてはいけないと思っていた。そして、事件が原因だったのかどうかも不明だが、空地の所有者は契約を解除し、父は仕事を失い、半年近く消息を絶ったのである。

新学期が始まり、しつこい残暑も去り、秋風が吹くようになって、瞼の傷が直ってしまってからも、ぼくはしばしば母の膝に顔を埋め、痛い痛いと訴えた。そんなぼくの頭を撫《な》で、母はそれ以外の言葉など思いつかないかのように、

「目の玉に当たらんで、ほんまによかったなァ。もし目の玉に当たってたら……」

と言って、あからさまに、ぼくとの頰ずりを求めた。だが、ぼくはそのたびに身をかわし、母の頰から冷たく逃げた。

暑い道

それは、人間の誤った趣味とか定説によって半分腐らせたような肉とは違い、歯ごたえも、血が混じった肉汁も、澄んだうまみを持つ牛の肉だった。

「これが、ほんまのビーフ・ステーキや。なっ？ そうやろ？」

と尾杉源太郎は言って、私をじろっと見やった。私は同意し、尾杉に案内されてやって来た〈山本食堂〉の調理場に目をやり、テーブルとか壁とかをもう一度みつめた。その食堂には、旧式の、氷屋が配達する氷で冷やす冷蔵庫が三つ並び、ひとつには、布で包んだステーキ用の肉塊《にっかい》が、大きな氷の上に載っている。あとの二つには、野菜とバター、卵、それにビールが納められている。

尾杉が、店の主人である老婆にサラダを注文した。老婆といっても、ひとりで店をとりしきっているだけあって、声にも張りがあり、背すじは真っすぐ伸び、調理場と店とをしきる黒くて長い暖簾《のれん》を左右にはらう手つきも機敏で、とても七十五歳には見えなかった。

〈山本食堂〉のメニューには、もう何年も前に書かれたのであろう墨文字で、八種の品しかなかった。ヒレ・ステーキ時価、オムレツ五百円、オムライス八百円、サラダ六百円、御飯二百円、お茶づけ四百五十円、酒一合三百円、ビール大壜《おおびん》四百円。

「しかし、時価というのが怖いなァ」

私の忍ばせ声に、大きく手を振り、

「いま食うたのが百五十グラムで四千円ぐらいや。日によって、二、三百円の上下はあるけど、格式ばったフランス料理の店でも、一流ホテルのステーキ・コーナーでも、これだけの肉は出てけえへん。もし、おんなじ肉を出すとしたら、一万円は取りよるで」

と説明し、

「ここでは、絶対に電気冷蔵庫は使わへんのや。どんな物で包んでも、肉をいっぺんでも電気冷蔵庫に入れたら、肉が枯れるっちゅうてな」

尾杉源太郎はそうつけくわえた。此花《このはな》区の、大阪湾に近い工場街から少し駅に寄った商店街に、これほどうまいステーキを食べさせる店があることに驚き、一見《いちげん》の客なら誰もこの店でステーキなど注文しないだろうと思われる質素なたたずまいに驚いたが、尾杉は、さらに私を驚愕《きょうがく》させる話を始めたのだった。場末の商店街に、四人掛けのテーブルが三つと、六人ぐらいが腰を降ろせるカウンターをすえただけの、とてつもなくうまい店があると、しきりに私を誘うだけで、尾杉はきょうまでそれ以外の話を私には語らなかった。

人参と蓮根《れんこん》、それに芽キャベツのサラダを老婆は運んで来、ドレッシングを入れた焼き物の容器を置いた。すったゴマと醤油《しょうゆ》をサラダ油でのばしただけのドレッシングは、野菜と奇妙に調和して、それもまた私を感心させた。

常連客らしい四人連れが店に入ってきて、声高に今夜のナイターの予想を始めた。会話のはしばしに、かなり遠方からタクシーで〈山本食堂〉のステーキを食べに来たことが窺《うかが》えた。店の中はふいに賑《にぎ》やかになり、尾杉はそれまでひそませていた声を少し大きくした。

「さつきを覚えてるやろ?」

と尾杉は、幼いころから何か訳ありな話を口にする際の癖を見せて訊《き》いた。小学生のときも中学生のときも、高校生になっても、彼は周囲のおとなたちのあいだで巻き起こる事件などを真っ先に小耳に挟んできて、得意気に、しかもいかにも秘密めいた大事件であるかのように私たちを集めたものだった。たとえば、アパートの新しい住人が、親子ではなく、実は夫婦らしいといった類の噂を、尾杉は、自分よりも背の低い私たちをわざと上目遣いでひとわたり見つめ、舌を出すとそれで上唇をしばらく舐《な》め、首を長く突き出して、そっと人差し指を立てるという手順ののちに、口をひらくのである。

私は、尾杉の人差し指を見て、かすかに笑ったあと、わかっているのに、

「さつき？」

と訊き返した。

「自転車屋のさつきや。まさか遠い虚《うつ》ろな思い出やとは言わさんでェ」

「ああ、あのさつきか」

私は、二十数年前の、大阪と尼崎市との境《さかい》を成す神崎川《かんざきがわ》の堤防脇に密集するスラム街を思い浮かべ、神崎新地と呼ばれる遊廓《ゆうかく》で生きる男たち女たちの夜と昼の顔を脳裏に描いた。そこで体を売る女たちは、大阪に幾つもある似たような場所の中で、最も値段が安かった。店は、たいてい一階がお好み焼き屋かホルモン焼き屋で、客は二階で女を買う仕組みになっていた。私たちは、その遊廓から歩いて五分ほどのところに住んでいたのだった。

「俺には、遠い虚ろな思い出やで」

と私は半分笑いながら言って、ビールを飲んだ。尾杉もうっすら笑い、

「さつきと最初にやったのは誰やねん。お前やないか」

と言い返して、芽キャベツを頰張った。

「俺は一番最後やったんや。最初にさつきと寝たのはケンチや。その次がお前、その次がカンちゃん……。みんな、必死でさつきに惚《ほ》れてたから、仲間外れなしに、思いを遂げられて、めでたしめでたしやったたな」

そう私は何食わぬ顔で言ったが、さつきがその美しい体を自由にさせたのは、仲間の四人の中では、この自分だけと思い込んでいた時期に記憶を戻して、その当時の仲間への詮索やら牽制《けんせい》やら嫉妬やらを懐しんだ。

「さつきは、ほんまにきれいやったなァ。俺、さつきを見たとき、長いことぽかんと口をあけてたから、ほんまに涎《よだれ》が出たんや。そやけど、涎が出てることにも気がつかんかったもんなァ」

と尾杉は言った。私は、中学二年生の尾杉が、さつきに見惚れて涎を垂らしている顔を想像し、声をあげて笑った。そして、どうして、急にさつきの話なんかを始めたのかを訊いてみた。

「俺もお前も、ケンチもカンちゃんも、あのスラム街から脱け出して、ばらばらになってしもたやろ？　とにかく、あのスラム街に最後まで残ってたのは、俺らの一家だけや。ケンチの親父のはったりにのせられて、役所が払う筈《はず》のない立ち退き料をせしめようと居坐ったのが運の尽きや。そやけど、さつきは、高校二年生のときに、東京へ行ってしまいよった。とんでもない高嶺の花になって、悪い連中の助平な目がひしめいているところに行ってしまいよった。あのあと、俺ら四人とも、腑《ふ》抜《ぬ》けみたいに暑い土手の上を歩いたやろ？　忘れられへんなァ、あのクソ暑い土手の道……」

紙ナプキンで口元を拭《ふ》き、いまはコンピューターのソフト部品を販売する会社の社長として、毎日を忙しく暮らしている尾杉源太郎は、そう言って、しばらく口を閉ざした。

私たちが初めて、さつきを見たのも、遊廓のひしゃげた瓦屋根がS字状に揺れ動く真夏の昼下がりであった。橋の下に太い水道管が走り、川はたった一カ月のうちに水量が半減し、浮きあがるメタンガスが川面に黒い波紋を作っていた。中学二年生の私たちは、夏休みに入っても、林間学校すら行けず、自動車の解体屋で午前中アルバイトをしていた。解体屋も土手の下にあり、ひと吹きの風もない、砂なのか鉄錆なのか区別のつかない粗《あら》い土の作業場には、廃車の車体を切断するバーナーの火が、若い私たちの肉体をわずか二時間で息も絶え絶えにさせた。当時、私たちは尾杉源太郎をゲンと呼んでいた。私たちが、別のスラム街の路地を縫って、自分たちの住まいに帰らず、解体屋でのアルバイトが終わると、遠廻りなのに、わざわざ土手の道を選んだのは、顔を合わせれば必ず殴《なぐ》る蹴るのケンカになる隣組の不良グループが、その路地のどこかにたむろしていたからである。どっちから仕掛けるというのではなく、仇敵《きゅうてき》みたいに小学生のころからいがみ合っていた。私たち四人の中で、最初に手を出すのは、ケンチこと石井健一だった。ケンチが相手の誰かを殴ると、すぐにゲンがそれにつづき、次に私が手を出し、最後に、カンちゃんこと神田正直が、何やらわめきながら、頭から突進していくのである。だから、てひどく痛めつけられるのは、いつもカンちゃんだった。目をつむって、がむしゃらに突進するだけなので、相手の狙《ねら》いすました殴打《おうだ》で、頭はこぶだらけになり、腐ったドブ板に叩きつけられてよく鼻血を出した。しかし、私たちの、理由も定かでないケンカにも、ちゃんと暗黙のルールがあった。誰かが血を出すと、お互い自然に勢いを鎮《しず》め、荒い息づかいで睨《にら》み合い、「こんどは半殺しにしたるぞ」とか、

「またいつでも相手になったるで」とか言い合って、休戦となるのである。

その日、私たちは土手の端を一列になって歩きながら、工場の煙突から煙が出ていないのを無言で見やった。また一軒の工場がつぶれるのだということは、私たちはすぐにわかった。その煙突のうしろにつづく工場では、ゲンの父親と姉、それにケンチの兄さんが働いていたのである。

「ここは、最低のとこや。日本で一番最低のとこや」

とケンチが言ったとき、うしろで自転車の鈴が鳴った。自転車屋の主人は、荷台にひとりの少女を乗せていた。事情はわからないが、子のない自転車屋夫婦が、遠縁の娘を養女にしたらしいという噂《うわさ》は、もう二カ月も前に私たちはゲンから聞いていた。少女は、私たちに背を向ける格好で、荷台に横坐りしていたが、通りすぎる際に首をねじって私たちに顔を向けた。

「ああ、しんど。ここからすぐやさかい、歩いてくれるか」

自転車屋の主人はそう言って自転車を停め、てぬぐいで開衿シャツの衿元や胸の汗を拭くと、声もなく少女に視線を注《そそ》いでいる私たちに、

「きょうから、わしの家で暮らすようになったさつきや。あんたらとおんなじ学年やから、夏休みが済《す》んだら、一緒の中学にかようと思う。まあ、よろしゅ

う頼むわ」

と紹介した。そのくせ、少女の耳元で、声を殺して早口で言い聞かせた。

「ここいらには、こんな出来の悪いのんがうろうろしとる。適当にあしろうときや」

それは私たち四人の耳に届いたが、私たちは無言で少女を見つめるばかりだった。栗色の髪、どことなく青味がかった目、高くて形のいい鼻、知らない者は誰も中学二年生とは思わないであろう胸の隆起と腰のくびれ……。私たちは生まれて初めて、日本人とアメリカ人との混血の少女を間近に目にしたのだった。

「凄《すご》い汗……」

さつきは、私たちひとりひとりに微笑を配りながら、そう言った。その言い方や表情は、いかにも男あしらいに慣れていることを私たちに感じさせた。私は、さつきを初めて見たとき、背後の工場の煙突も、私鉄の架線も電柱も、土手下の家々のトタン屋根や、その周りの真夏の炎熱でぐったりとひからびている洗濯物が、いっせいに色を喪《うしな》い、空白化して遠ざかっていったのを覚えているか。すべては消えてさつきの美貌だけが、暑い土手の道に立ちあがっているかに見えたのだった。

さつきが、白い木綿のワンピースをひるがえして、土手下へとつづく土の道を駆け降りると、私たちは、当惑顔で道に目を落としたり、しかめっ面《つら》で入道雲をあおいだりした。やがてケンチが、太い眉の根に皺を寄せ、

「プラスチックの連中が、ほっとく筈ないで」

とつぶやいた。プラスチックの連中とは、常日頃のケンカ相手であるグループのことだった。そのグループの親たちの殆《ほと》んどが、川向こうのプラスチック加工工場に勤めていたからである。私たちは土手を走り、別の坂道を下ってカンちゃんの家に行った。ゲンだけが、さつきに関する情報を収集するために、そのまま土手を進み、橋と土手の道とが交差する場所へ向かった。国道とつながる道の脇に、亀谷理髪店があり、土手下のスラム街で生じた事柄ならすべて知らないものはないという口の軽い猫背の主人が、土曜の夜と日曜以外は、退屈を持て余して将棋《しょうぎ》の相手を待っているのである。

三十分で、ゲンはカンちゃんの家の戸を押して入って来ると、

「金と銀を落としてやったのに、二十分もかかれへん。あれだけ下手くそな将棋はないなァ」

と言い、あちこちが波打っている畳に四つん這《ば》いになって、さつきの母は自転車屋の主人の妹で、佐世保の米軍基地でアメリカ兵相手の娼婦だったこと、ことしの冬に母親が病気で死に、さつきは親類の家を転々としたが、どこでも厄介《やっかい》な騒ぎの種となるので手に負えなくなり、最も血のつながりの濃い自転車屋の夫婦がしぶしぶ養女にしたのだと報告した。

「騒ぎの種て、何や？」

と私は訊いた。

「そんなこと決まってるやんけ」

ケンチは言って、汗みどろの顔を、カンちゃん一家が飼っている八羽の鶏たちに向けた。ミカン箱で作った風通しの悪い鶏小屋からは、夥《おびただ》しい糞《ふん》の異臭がたちこめていた。

「プラスチックの連中みたいなやつらが、ほっとけへんのや」

ケンチはひどく苛《いら》だった顔で答えた。みんな訳知り顔でうなずいたが、プラスチックの連中どころではない、もっと年長の、私たちでは到底かないっこない男たちが、たちまちさつきの周りに群らがるだろうと、それぞれは予感して怯《おび》えたのであった。

飛び抜けてはなやかな美貌と肉体の奥に、さつきはどこか汚れていないもの、卑《いや》しくないものを持っていた。それまで私たちの住む土手下の地域で〈はきだめの鶴〉と呼ばれていた雑貨屋の娘は、口さがない女房連のひとりに、ナンバーワンの座を奪われた感想を露骨に求められ、小声でこう言い返したという。

「あの子、アメリカ人とのあいのこやろ？　あいのこがきれいのは反則やわ」

私たちは、それを伝え聞き、路地にしゃがみ込んで笑った。ケンチはゲンの背を叩き、ゲンはドブ板を拳《こぶし》で叩き、私は、水など一滴も入っていないドラム缶の防火槽をつかんで笑い合った。なぜ、おかしいのか理解できないカンちゃんは、私たちをぼんやり見てから、かなり遅れて笑いだした。

さつきが来て二週間もたたないうちに、オートバイに乗った高校生たちが、エンジンをふかして自転車屋の周りを行ったり来たりしはじめた。私たちは、解体屋での力仕事の合間に、絶えず、さつきを守らねばならぬと誓い合った。日頃、自分の意見を率先《そっせん》して述べたことのないカンちゃんまでが、遊廓の瓦屋根と対峙《たいじ》して立つ格好で、

「あんなとこに連れ込まれたら、えらいこっちゃ」

と体を固くさせ、まなじりを吊《つ》りあげて声高に言ったものである。

実際、二学期が始まっても、私たちは四六時中、さつきに注意をはらいつづけた。意図的に近寄ってくる上級生や高校生があらわれると、相手がいかに腕力に長《た》けた乱暴者であろうと、私たちは考えつくあらゆる手口で邪魔しつづけた。ときには、さつきにはヤクザの兄貴がいて、妹に手を出すやつは生かしておかないと言い、これまで三人の男が片方の金玉をつぶされたり、前歯を六本もへし折られたりしたなどと噂を流し、ときには、それでも平気でさつきを待ち伏せている別の学校の不良グループに挑《いど》んで半殺しの目にあわされたりもした。けれども、そんな私たちの努力を尻目に、さつきはいろんな男たちとつき合っていた。

中学を卒業すると、私とゲンはなんとか高校に進み、カンちゃんは福島区にある大きな家具店に就職し、夜学の高校にかよった。ケンチも近くの製缶工場に就職したが、やがて度胸と腕っぷしを見込まれて、ヤクザの組員の使い走りをするようになり、わずか一年で正式な組員になってしまった。そしてそのころから、さつきは高校を無断で休むことが多くなり、夜遅く、はやりの服を着、化粧をしてタクシーで帰ってくるようになった。

土手下のスラム街に空家が目立ち始めた春の終わりの夕暮れ近く、やっとの思いでみつけた蒲鉾《かまぼこ》工場の夜勤の仕事に母が出かけていった。私の父は、製缶工場で作業中にプレス機に左手の指三本を挟まれ、あわや切断かという大怪我を負って入院中だった。五つ歳上《としうえ》の兄は、名古屋の自動車販売会社に就職し、正月にしか帰ってこなかった。私もゲンも、高校に入学したあたりから、人が変わったみたいに勉強にはげむようになった。こんな最低の場所からおさらばするためには、大学に合格するしかない。しかし、授業料の安い国立大学以外は、かりに合格しても入学金を払えない。私もゲンも、必死で受験勉強に邁進《まいしん》していたのである。

私は、とうに頭に入っている筈の英語の熟語をどうしても思い出せず、自分でも不思議なほどの不安に駆《か》られて、爪ばかり嚙《か》んでいた。すると、誰かが戸を叩いた。私はてっきりケンチだと思った。ケンチは、丈の長い背広を着て、しょっちゅう夕暮れ時分に私を訪ねて来ると、千円とか二千円とかの金を無理矢理私のズボンのポケットにねじ込むのだった。それが、幼いころからの仲間に対する彼らしい思いやりではなく、じつは罪ほろぼしなのだということを、私はうすうす察していた。夜遅く、さつきをタクシーで送って来る男のひとりに、ケンチも混じっているのを、私は知っていた。

私は不機嫌な顔をして板戸をあけた。西陽が、さつきの栗色の髪を真っ赤にした。けれども、ちょうどさつきの頰の横あたりに位置する夕陽のせいで、さつきの顔だけが真っ黒に見えた。

「中に入れて」

さつきは命令口調で言い、たたきのところに歩を運ぶと、自分で板戸を慌《あわ》てて閉めた。そして、近々、東京へ行ってしまうのだが、そのことで伯父さんとケンカして、ここへ逃げて来たのだと説明した。

「学校、辞めてしまうのん？」

「私、もう退学になったよ。知らんかったの？」

私もゲンも、受験勉強にいそしんではいたが、決してさつきの動向に無頓着になってしまったわけでなく、それどころか、高校生になっていっそう美しさを増したさつきへの思いは、息苦しいほど膨《ふく》れあがっていたので、さつきが退学処分になったことを知らない筈はないのだった。

「退学？　いつ？」

「きょう……」

さつきが嘘《うそ》をついているのはわかったが、なぜそんな嘘をつくのか判断がつかなかった。さつきは、お別れに来たのだと言い、私の勉強机に両手をついて、「淫売《いんばい》の娘は、やっぱり淫売や。伯父さん、そう怒鳴って私を殴るのよ」とつぶやいた。そして、背を向けたまま、私のことを好きだと言った。四人の中で、いつも一番好きだったと。

夕陽が落ちてしまったとき、私とさつきは、畳の上に横たわった。さつきは、私の耳たぶを嚙んだ。私は、さつきに言われるままに動いた。目がかすんで、心臓が破れそうになった。あっけなく終わったあと、なお乳房に触れつづける私の頭を、さつきは両手でいつまでも撫《な》でた。夢見心地とは、まさにあのような状態を言うのだと私は思う。私は、自分がきっと幸福になるような気がして、何日もさつきの体の感触の中でさまよった。

六月に入ってすぐに、ゲンが一冊の男性週刊誌を持って駆け込んできた。さつきの水着写真が五ページのグラビアで掲載され、大手の水着メーカーのキャンペーンモデルとして、五千人の中から選ばれたと書かれてあった。そうか、それで東京へ行くのか。私はそう思ったが、ゲンには黙っていた。

「来年のポスター用の撮影で、いま、ハワイにいてるらしいで」

ゲンは言って、

「撮影が終わったら、いっぺんここへ帰って来て、それから東京へ行ってしまうそうや」

とつけくわえた。ケンチがそのままにしておく筈がない。ケンチは、さつきが東京へ行こうがどこへ行こうがしつこくつきまとうだろう。ゲンは何度も舌打ちをして、そう言った。

「とにかく、あいつはもう本物のヤクザや。子分が八人もおるし、財布なんか一万円札で膨れてるわ。そやけど、さつきはケンチを嫌いなんや」

ゲンがそう断言して、首をうなだれた瞬間、私はなぜか、ゲンにも、私と同じ夢見心地の時間があったのではなかろうかと考えた。だが、私は心の中でそれを否定し、窓から見える遊廓のくすんだ居並びを指差して、

「あそこに行くより、はるかにましや。俺、さつきが、いつかあそこに行ってしまうような気がしとったんや」

と言った。

さつきは、八月の半ばに東京へ行った。その翌日、ケンチが、丈の長い背広を肩に掛け、カンちゃんの肘《ひじ》をつかんで、私の家にやって来ると、恐ろしい目

つきで、ゲンを呼んでこいと命じた。カンちゃんは、仕事中に無理矢理ひきずってこられた様子で、家具店の制服を着て、

「俺、仕事があるねん。早《は》よ店に帰らんとあかんねん」

と何度もケンチに哀願したが、ケンチは許さず、私がゲンを連れてくると、無言で土手のほうに顎をしゃくった。土手では、車に轢《ひ》かれた猫の死骸がぺしゃんこになっていて、そこに群らがる銀蠅《ぎんばえ》の羽音以外、物音はなかった。炎暑は、スラム街や遊廓の人間の気配を圧《お》しつぶしていた。ケンチは言った。

「この中に、さつきに手ェ出したやつがおるやろ。中学生のときの誓いを忘れたんか。絶対、この中に、さつきと寝たやつがおるんや。裏切り者がおるんや」

逃げようとしたカンちゃんの頭を、ケンチは二回平手で叩いた。私は、土手の両脇に密生している雑草をひきちぎり、裏切り者はお前ではないかとケンチに詰め寄った。夜遅く、お前がさつきをタクシーで送って帰ってくるのを何度も見ているのだと。

「俺は、キタの盛り場で、ひょうたん面《づら》した男にかしずかれてるさつきを守ってたんや。そんな連中の中には、ヤクザよりもっとたちの悪いやつが、おとな

しそうな顔をして狙《ねろ》とるんや。うまいこと騙《だま》されて、一発シャブでもうたれてみィ、さつきの人生、それで終わりや」

私たちは、ケンチが言い終わったあと、とても長い時間、日盛りの土手の道に無言で立ちつくしていた。やがて、ケンチは穏やかな声で提案した。川べりに放置されている化学薬品の罎《びん》を指差し、

「恨《うら》みっこなしにしょうやないか。みんな、ひとりずつ、あの罎のところへ行って、さつきと寝たやつは、十円玉を中に入れる。そのあいだ、他の者は背中を向けて目をつむっとく。どうや?」

最初はゲン、ゲンの次はカンちゃん、その次はお前と、ケンチは私を睨み、最後は自分だと言った。

「それやったら、この中でさつきと寝たやつがおるのかおらんのかがはっきりするだけで、誰が寝たのかはわからん。それでよしとしょうやないか」

光をさえぎるために周りにコールタールを塗った化学薬品用の罎に、私が十円玉を入れたのは、友情によるものではない。仲間の中に、あのとろけるように美しいさつきの裸体に包まれたやつがいるということを示しておきたかったのである。それは私だ。しかし、私であることはわからないのだから。

最後にケンチが戻ってくると、私たちは再び雑草をかきわけて壜のところに降りて行った。ケンチが両手で壜を持ちあげ、さかさまにして振った。泥水と一緒に、十円玉が三つ転がり出た。私たちは、また長いこと顔を見合わせた。突然、ケンチが泥にまみれて転がっている三つの十円玉を川めがけて蹴りつけ、焦点の定まらない目で土手の道に登り、どこへ行くともなく上流のほうへ歩きだした。私もゲンもカンちゃんも、ケンチのあとを追った。

「どこ行くねん？」

とゲンが訊いた。ケンチは私たちに向けて石を投げ、

「こんなクソ暑いときに、お前らとつきおうてられるか。駅前でかき氷でも食うんや」

と叫んだ。

「暑いのは、お前だけとは違うやろ。親分、あっしどもにも、奢《おご》ってくだせえ」

ゲンがそう言ったとき、カンちゃんが泣きだしたのである。悲痛な泣き声であった。カンちゃんは土手の道にしゃがみ込み、作業衣の袖《そで》で何度も涙をぬぐった。ケンチは顔をしかめて引き返して来ると、

「なんや、お前だけ、さつきの施《ほどこ》しを受けられへんかったんか」

と怒鳴った。カンちゃんは泣きながら、首を横に振り、さつきが好きだったのは、この俺だとばかり思っていた。さつきは、あのとき確かに俺にそう言ったのだと声を震わせ、また泣いた。ケンチは、

「聞いたか、こいつ俺らを裏切りよったぞ。十円玉を入れよれへんかった」

とふいに金切り声をあげ、カンちゃんの頭を叩こうとしたが、その手で自分の髪をかきむしって空を見上げた。

私たちは、汗を拭き拭き、カンちゃんが泣きやむのを待ち、それから一列になって駅前への長い土手の道を歩いたのである。


〈山本食堂〉は、私たちと常連の四人連れに加えて、あらたに三人の客が増えた。尾杉源太郎は、ここのオムレツはうまいのだと勧め、

「俺が大学を卒業したころは、さつきはもうぼろぼろになっとった。就職してすぐに、俺は東京勤務になったから、俺は意を決して、さつきの所属するプロダクションに行ったんや。そやけど、さつきはそのプロダクションから、もっと小さなプロダクションに移ってた。そのプロダクションの社長に金を出して

たのが、なんとケンチの組の親分や。写真家に惚れて遊ばれたあげく別れたり、テレビ局のプロデューサーの女になったりしながら、ときどきケンチと逢《お》うてたみたいや。そうしてるうちに、ケンチは刑務所行きや。ところがなァ、さつきのことが気になって、陰からずっと見とったのは俺だけやあらへん。カンちゃんもや。さつきが、酒と薬で見る影もなくなって、あげくは誰の子かわからん子を堕《おろ》したころ、カンちゃんが、さつきを訪ねて行きよった。五年前のことや。カンちゃんは、定時制の高校を卒業したあと、家具屋を辞めて、松阪で牛を飼《こ》うてる親戚の仕事を手伝うてるうちに、息子に先立たれたこの〈山本食堂〉の婆さんに見込まれて、養子になりよった」

私は、ビールをつぎかけた手を停め、尾杉の野太い顔を見やった。尾杉は食堂の調理場でステーキを焼いている年老いた女主人に視線を移し、

「そうやねん。あの婆さんは、いまはカンちゃんの戸籍上の母親や。カンちゃんは松阪で牛を育てて、ええ肉を、この店に安う仕入れさす」

「さつきとのことは、どうなったんや」

と私は訊いた。

「俺が結婚したあくる年やから、三年前や。三年前に、とうとうカンちゃんが

自分の女房にしてしまいよった。いまは松阪で、カンちゃんと肉牛を育てて、元気に暮らしとる。この店は、水曜日が休みなんや。そやから火曜日の夜、カンちゃんとさつきの夫婦が、ひとり暮らしの義理の母親のために、松阪から車でここに泊まりに来よる」

いまは、少しおでぶちゃんになったが、健康を取り戻したさつきは、相変わらず美しい。尾杉はそう言って、年老いた女主人に勘定《かんじょう》を頼んだ。私たちは〈山本食堂〉を出、店の近くの駐車場に行くと、尾杉の車に乗った。尾杉は車をゆっくりと〈山本食堂〉の前に停めた。

「ケンチが撃った相手は死んだんか?」

と私は訊いた。死ななかったが、ひとりでは歩けない体になったらしいと尾杉は言い、

「あと二年ほどで刑務所から出て来るやろ」

そうつぶやきながら、腕時計を見た。

「ケンチはしつこいからなァ」

私が溜息まじりにひとりごちると、尾杉は、

「俺とお前とで、刑務所に面会に行って、カンちゃんとさつきとのことを納得

させようやないか。あいつは、きっと喜ぶような気がするんや」

私もそんな気がした。

「さつきは、なんで、俺ら四人と寝たんやろ」

私は、なぜかほころんでいく顔を両手でこすり、そうつぶやいた。それに対する尾杉の返答はなかった。私は、二番目の子をもうじき出産する妻の顔を思い浮かべ、

「おい、ゲン。高校二年生のときに、さつきに女の体を教えてもろた感想はどんなもんやった?」

と訊いた。尾杉は、腕時計の針を人差し指でつつき、そろそろカンちゃんとさつきが来る時間だと教え、お互い、その件に関しては、老後の思い出話にとっておこう、と言って笑った。

駅

能登の桜の時期も終わり、五月の連休あけで、しかも平日だったので、七尾《ななお》線の輪島行きには、少ししか乗客はいなかった。雨雲は、七尾湾の西側から早い速度で太陽を覆い、海と列車内をいっきに真っ暗にさせたあと、霧雨すら落とさないで富山湾のほうへ去っていった。

田所俊直は、用心のために持って来た薄手のレインコートを膝に乗せ、自分より十四、五歳若いと思われる乗客のひとりを眼鏡越しに盗み見た。その男は、金沢駅のプラットホームでも、七尾駅で各駅停車の列車に乗り換える際も、二十四、五歳の女と一緒だったのだが、ついさっき、女だけが笠師保《かさしほ》駅で降りた。男は、そのうしろ姿を一瞥もせず、列車が動きだしたあとも、ずっと視線を海に投じている。

団子鼻の横に大きなほくろを持つ若い車掌が、無人駅の笠師保からたったひ

とり乗り込んできた客に、元気のいい声で行き先を訊《き》き、切符を売ると、

「次は能登中島でございます」

そう大声で告げ、別の車輛へ移って行った。能登中島の次が西岸《にしぎし》、西岸の次が能登鹿島。みんな無人駅であった。

田所は、ジャケットの胸ポケットから老眼鏡を出し、いままでかけていた眼鏡と取り替えて、時刻表に見入った。能登鹿島の次は穴水《あなみず》で、鉄路はそこから二手に別れている。半島の東側を、内海に沿って蛸島《たこじま》まで向かう能登線に乗る者は、穴水で乗り換えなければならない。七尾線はそのまま半島を横切り、輪島へと伸びている。けれども、田所俊直は、能登鹿島から先には行ったことがなかった。四年前まで、彼は三カ月に一度、東京から能登鹿島駅に出向いたが、その古い木造りの、駅長はおろか駅員すらいない無人の駅舎の外へ、一歩も出たことはなかったのである。

能登島の西端が見え隠れし、ほんの何秒かのあいだに周りの海の色が変わった。それは灰色になったり、群青色になったり、赤味がかった緑色になったりした。田所は、座席の横に置いてある小型の旅行鞄《かばん》を手で押さえ、島影を眺めながら、妻と娘はもう無事にウィーンに着いただろうかと考え、腕時計に目を

移した。妻と娘が昨夜、北廻り便でウィーンに向かってから、およそ十六時間がたっていた。アムステルダムでの乗り換えの時間は約二時間とのことだったので、もうそろそろウィーンに着く時分だろう。田所はそう思って、鞄を掌《てのひら》で軽く叩いた。鞄には、着換えの下着と靴下、洗面具、それに、金沢駅で買った蒲鉾《かまぼこ》と鯛寿司、金沢を蔵元とする地酒が四合入っている。

白いタオルで頬かぶりした赤ら顔の女が、魚臭い風呂敷包みを背負って、前の車輛から田所のいる車輛へとやって来、

「しげちゃん、こっちにおるからなァ」

と車掌に言った。車掌は、乗客たちをちらっと見やり、顔を幾分赤らめると、急ぎ足で女の坐った席へ行き、

「輪島までやのォ？」

と小声で言って、切符を切った。赤ら顔の女は、仕事熱心な車掌に、

「父ちゃんは元気ね？」

とか、

「うちのばあちゃん、えらいぼけてしもうたがいね」とか話しかけた。

能登中島を過ぎ、西岸を出たあたりで、それまでずっと窓外に顔を向けて頬

杖をついていた男が、車掌を呼んだ。田所は、海とは反対側に目をやり、耳をそばだてた。彼は元来、興味をひかれた他人についてこまごまと想像力を駆使したり詮索してみたりする癖も趣味も持ち合わせてはいなかったが、連れの女性と言葉も交わさず笠師保駅で別れた三十五、六歳の、どう見ても都会人らしい風貌と服装とを合わせ持つその男に神経が吸い寄せられた。笠師保で降りるつもりだったが、予定が変わって次の駅で降りたい、その間の乗車賃は幾らか。列車がレールのつなぎ目を通るたびに、声は途切れたが、男が車掌に言っている内容は、田所の耳に届いた。乗車賃を払ったあと、男はさらに、次の金沢行きの列車が能登鹿島に着くのは何時かと訊いた。

「十二時五十七分発ですから、だいたい一時間ほどのお待ち合わせになります」

と車掌は教えた。

「それは笠師保に停まりますか？」

「停まります。各駅停車ですから」

車掌は時刻表を出し、

「笠師保には十三時二十分着です」

そう答えて、揺れる車輌の真ん中で両足を大きく拡げてふんばった。列車は速度を落とし、低い山の下を抜けた。ミシンや地酒や耕耘機《こううんき》の広告板が、農家の土塀の隅や狭い田圃《たんぼ》の中で色褪せ、その周りを数羽の燕が旋回していた。花は散り、葉桜に変わりつつある桜並木が、車窓越しに垣間見えた。田所は、鞄を持ち、レインコートを小脇にして、能登鹿島駅の、ふいに太陽に照らされたプラットホームに降りると、駅舎の瓦屋根を見つめた。その瓦屋根越しに、雲と同じ色の海が展《ひら》けている。田所にとって、駅舎のたたずまいと海の色は、ここに来るたびに、いつも異なった表情で彼の心に沈み込んだが、きょうもそうであった。

能登鹿島駅のプラットホームは、上り線用と下り線用とが向かい合ってはいない。駅舎は、海に面していて、金沢への上り線側にあり、輪島への下り線のプラットホームの先端あたりに、線路を挟んで上り線のプラットホームが始まっているのだった。二つのプラットホームの先端と先端だけが向かい合って、そのプラットホームの裏に桜並木があるため、満開時、列車は桜の花のトンネルの中に入る格好になるのだった。無人駅なので、花見の季節には、プラットホームは、その多くが近郊の小都市から訪れた花見客の宴《うたげ》の場として陣取られる。田所は二度ばかり、そんな騒々しい日に遭遇したことがあった。けれども、きょうは、上り線のプラットホームにはまだ列車を待つ人はなく、下り線で降りたのは、田所と若い男だけで、燕が飛んでいるらしい黒光りする曲線と、遠くの海が発しているかのような、何やらくぐもった気配以外に、心を乱す夾雑物はなかった。

田所はベンチに坐った。桜の枝が頭上にあり、その何本かは、彼の目の近くまで垂れて、新しい小粒な葉が海の明るさに水を差した。

話しかけてきたのは、男のほうからであった。男は、線路上に設けられていた歩道を渡って、いったん上り線のプラットホームに行き、しきりに腕時計を見たあと駅舎に入り、やがて再びプラットホームに戻って、行ったり来たりしたあと、下り線のプラットホームでのんびり酒を飲んでいる田所を見つめてから、所在なげに線路を渡ると、田所の近くまで来た。

「お花見ですか?」

と男は訊いた。田所は右手で蒲鉾のひときれをつまみ、左手で冷や酒の入った紙コップをかかげると、体全体の肉づきと比してとりわけ豊かな頰をやわらげて、

「一献《いっこん》、いかがです？」

と誘ってみた。穏やかな陽射しを受けた男の顔には、無頼の翳《かげ》も不潔感もなく、道ならぬ恋にまだ終止符をうっていない青年に共通の、わざとらしい人なつっこさが漂っていたからだった。

「鯛寿司もありますし、私ひとりで四合は多すぎますから」

「おひとりで楽しんでらっしゃるのに、お邪魔でしょう」

そう言いながらも、青年は田所の隣に腰をおろし、煙草に火をつけた。春の風は、突然冷たく強く吹きすぎたが、それはほんのつかのまで、かえって冷や酒の酔いをまろやかにさせた。

「この能登鹿島って駅は、人気のある駅だそうですね。でも、ちょっと出来すぎてるな。能登の海辺で、桜のトンネルがあるひなびた無人駅なんて」

青年は田所についでもらった酒を紙コップで半分ほど飲んだあと、両膝に肘《ひじ》を乗せ、前かがみの姿勢をして首をもたげると、そう言った。

「うん、ちょっと出来すぎですな、確かに」

田所は、蒲鉾の箱を青年の眼前に差し出して勧めた。青年はひときれをつまみ、口に入れ、

「金沢からずっとご一緒でしたね」

と言った。それからまた腕時計を見た。酔うと陽気になり、気前がよくなり、そして少し相手が迷惑に思うほどお喋《しゃべ》りになる……。田所は、いまの妻にも言われ、七年前に亡くなった前の妻にも、しょっちゅう言われていた自分の酒癖のことをちらっと考えたが、こんどは青年がついでくれた酒を二口飲んだ。二合は多いな、一合半ぐらいでやめておこう。そう思った。しかし、聞いたこともない銘柄の地酒は水みたいな喉ごしで、わずか二十分ほどのあいだに、田所は自分が決めた一合半の量を超えてしまった。亡くなった妻が、幸福であったのかどうかについて、いっときぼんやり考え込み、線路の向こう側の駅舎を眺めた。それは何十年も、能登の海辺の風雪にさらされて変色し、縮こまっている。

「ここの駅がお好きなんですか？」

と青年が田所を見て訊いた。田所は、しばらく酔いの仕業《しわざ》による物思いにひたり、歯ごたえのある、塩気のきつくない蒲鉾を味わってから、

「好きなのか嫌いなのか、私にとっては、訳のわからん駅ですよ」

と言った。

「十年前は、ここにこんな無人の駅があるなんてことも知りませんでした。それなのに、六年間、この駅に通いつづけました。三カ月に一度、東京から金沢に出て、金沢で一泊し、この駅まで来て二時間ほどプラットホームや駅舎の中ですごして、また金沢から東京に戻る。風景というのは不思議なものです。ある物とか人間とかを憎むのは、ごくありきたりのことですが、ひとつの風景を憎むという事態も生じるんですね。私は、この能登鹿島の駅を、最近ひどく憎むようになったので、きょうは、つまりこの駅と訣別《けつべつ》の酌を交わすつもりで出向いてきたというのが、一番適当な言い方かもしれません」

訣別という言葉は正しくないな、いちおうすべては丸く納まったように見える出来事に対する、自分の内的決着の儀式というほうが正確かもしれない……。田所は、鯛寿司を頬張り、指についた飯粒を前歯で取りながら、そう思った。

「お仕事で、東京からこの駅まで通ってらしたんじゃないんですか」

青年の言葉に、田所はかぶりを振った。昼間の酒の酔いのせいだと自覚しつつも、彼は見も知らぬ行きずりの青年に、この駅にまつわる自分の何年間かの思いを語り、それによって決着の儀式にある種の明確さをもたらそうと考えたのだった。ご迷惑でなければと前置きし、山あいの近くで叫びだした猛禽《もうきん》の声に多少動揺しながら、彼は話を始めた。

——私は、大学生のときに結婚しました。私が四年生で、妻は二年生でした。気恥ずかしい言い方ですが、私はひとりの女に、あんなにも烈しく恋をするなんてことは、一生に一度あるかないかに違いないと思いました。父は、私がそのことを告白すると、困った顔つきで笑い、すべての恋は、みんなそんなものだと言って相手にしませんでしたよ。いまになって思えば、もっともな話です。私が父でも、同じことを息子に言ったでしょう。ですが、私の両親も、相手の両親も、お互いがまだ大学生同士でありながら、結婚を承諾したのは、私たちのあいだに子供ができたからです。妻の両親は、厳格でしたが、結構さばけた人物で、こうなったら一日も早く結婚式をあげなければと私の両親の尻を叩いたくらいです。

妻は、本当に誰からも好かれる性格で、少しのんびりしすぎているのが難といえば難の、本当にきれいで、おおらかで、精神のどこにも汚れたものなんて持ち合わせていない娘でした。妻は、結婚式の十日前に大学を辞め、あくる年の三月、ちょうど私が大学を卒業するころに男の子を産みました。私は大学を卒業すると、父の縁故で、大手の商社に就職し、三年後、父の会社を継ぐために退社しました。私が父の会社を継ぐことは、とうに決まっていたのですが、少なくとも五、六年は、他人の飯を食ってみなければならないという父の配慮だったわけです。その五、六年の予定が三年に早まったのは、父の健康上の問題からでした。軽い脳出血で倒れ、右半身が不自由になりました。父は、主に東南アジアとの貿易会社を経営していましたが、ベトナム戦争のあおりをくって、事業のやり方も難しい局面にありました。そのころ、妻は二人目の子を産みました。女の子でした。災厄というのは、いつも重なって人間を苦しめるもののようです。妻のお父さんがその翌年に癌《がん》で亡くなり、それにつづいてお母さんも心臓を悪くして寝込み、あろうことか、この私までが倒れてしまったんです。出張先のシンガポールで高熱を発し、風邪か、悪くともマラリアかと思ったのですが、現地の病院で結核だと診断され、マスクをかけて飛行機に乗り、帰国しました。左の肺に二つ穴があいていて、しかも開放性だというのです。開放性というのは、菌が外部へ出ている状態で、医者が心配したのは、家族に感染していないかという点でした。さいわい、妻も息子も娘も異常はありませんでしたが、なんと私の母にうつってたんですよ。母子揃って、東京郊外の療養所に入院です。思えば、そのころが、妻にとって最も苦しい時代だったでしょう。息子を知人にあずけ、まだ二歳になるかならないかの娘を抱いて、妻は週に二回、私と母のために栄養価の高い料理を作って運びつづけました。母はごく軽症だったのと、開放性ではなかったので、一年で自宅療養が許されましたが、私は、三年半、療養所生活をおくりました。私にとって、なによりもありがたかったのは、妻の笑顔でした。ほんとに、妻はどんなときでも笑っていたんです――。

田所は腕時計を見た。青年が乗ろうとしている金沢行きの列車が着く時分だった。そのことを告げると、青年は軽く手を左右に振り、

「いや、まだこの駅についてのお話が始まらないようですから」

と言って微笑んだ。

「乗り遅れてもいいんですか？　笠師保にお戻りになるんでしょう？」

青年の横顔に驚きの表情が生じたが、それに関しては何も答えず、

「どうぞ、お話をつづけてください。ぼくは、もう一杯頂戴しましょう」と言って、残り少ない酒を自分で紙コップについだ。

――父は不自由な体で、必死に事業をきりまわしていました。私が退院し、なんとか働けるようになったのは三十一歳のときですが、父はそれを待ってい

たみたいに、二度目の発作で倒れ、五日間大きないびきをかきつづけたあと息を引き取りました。病みあがりの私が、まだ三十一歳で社長になったものですから、社内ではいやなことがたくさん持ちあがりました。しかし、私は、つまり〈ついている人間〉、〈運のいい人間〉だったんでしょう。それに、生前の父の人徳が加味されて、去ってもらいたい役員や社員は去り、私を助けて会社の危機を脱しようとする者たちが、懸命に働いてくれたんです。それもこれも、私にはなぜか、妻の明るい笑顔が、何らかの不思議な力をあちこちにもたらしていたのではないかと思えてなりません。人生に一度は必ずある嵐をなんとか切り抜けながら、私の妻への愛情は、口では尽くせないほど大きく膨《ふく》らんでいきました――。

金沢行きの列車が、海と山のあいだから見え、駅舎のベンチで待っていた地元の人が三人、プラットホームへ歩いていった。だが、青年は腰をあげようとはしなかった。田所はしばらく列車と青年を見やったが、背後からさらに近づいてきた猛禽の声に促《うなが》された。

――私が四十歳になったときです。取引先の社長の女性秘書に、ほんの少し心を動かされました。とりたてて美人というわけではありませんが、非常にてきぱきと仕事をこなし、そのくせとげとげしさのない健康的なお嬢さんでした。取引先の社長も、ご自慢の秘書らしく、長く勤めてもらいたいが、それによって売れ残ってしまうのもまずい、誰かいい人があればお世話願いたいと冗談めかして私に言ったものです。ある日、私が外国のバイヤーとホテルで食事をとり、そのあとロビーで雑談していると、彼女がホテル内のブティックの前に立って、ショーウィンドウを覗《のぞ》いていました。私は声をかけました。気にいった絹のブラウスなのだが、自分には贅沢すぎて、買おうかどうか迷っている。彼女は恥ずかしそうにそう言いました――。

上りの列車は出ていった。田所は、こんどは霧雨ぐらいは降らせそうな雨雲が西の空に迫ってきたのを見て、

「仮に彼女の名を春子ということにしておきましょう」

と言い、四合壜《びん》の底に三センチほど残っている酒を青年につごうとした。しかし青年は遠慮して無理矢理それを田所の紙コップに注いだ。

――私の自制心は、妻への愛情だけでなく、春子が妻子ある男と一線を越えてしまった際の不幸を予測することで抑えられていました。春子は、それによって何ひとつ幸福を得られない……。ですが、何回か人目を忍んで食事をした

り、夜ふけの公園を歩いているうちに、自然のなりゆきというものに勝てなくなりました。考えてもみてください。私は二十三歳のときに父になった。ですから、そのとき息子は十七歳です。春子は大学を卒業して二年しかたっていない。つまり二十四歳。なんだかおかしな気持ちでした。春子と関係ができてから、私はますます彼女の幸福について考えるようになりました。春子は私に何も求めませんでした。私たちは、一緒に夜を明かしたことはない。なぜなら、私は断じて妻に知られたくなかったし、春子は横浜で、両親とともに暮らしていたからです。私たちは、秘密を守るために細心の注意をはらいました。ところが、私は最も大切な注意をはらうのを忘れたのです。春子は私の子供を宿しました。私は経済的には充分に余裕があったので、春子の望みどおりにしようと腹をくくりました。子供を産むのも、そうしないのも、春子の自由だと言いました。私は、なぜか春子が子供を産むような気がしたのです。はたして、春子は子供を産みたいと言いました。しかし、ご両親が許しはしないだろう。子供の父親は誰かと問い、そして私を許さないでしょう。春子は、私には何が何だかわからない条件を出しました。能登半島に能登鹿島という駅がある。その駅の近くに、お婆さんがひとりで住んでいる。学生時代、能登を旅行したとき親しくなり、いまでも手紙のやりとりをしている。その家の二階に住んで、子供を育てたいと言うのです。私は春子の真意をはかりかねました。あなたを好きだから、そうしたいのだ、の一点張りでした。春子は、私の家庭を大切に考えてくれたのです。子供の養育費も含めた生活費を、三カ月に一度、自分で届けに来てほしい。それが経済的な面以外の、私とのつながりに関する唯一の条件でした。私は、十年、二十年先の面倒を考えるゆとりがありませんでした。私は春子への愛情も、妻への愛情も同時にいっそう膨らんでいくのを感じ、春子がしたいようにさせてやろうと決めました。春子は、会社を辞め、この能登鹿島の、夫にも子供にも先立たれた老婆の家で暮らし始めました。春子の両親が、良識ある善人だったことも、私には幸運でした。子供はひとりで作れるものではないのだからと、哀《かな》しい顔で私に言い、深い溜息をつきましたが、私の家庭に怒鳴り込むような真似はせず、ときどき、夫婦で孫の顔を見るために、この能登鹿島まで出向いていたようです。春子は四千グラムもある女の子を産みました。しかも安産で――。

青年はくすっと笑った。田所は、女の子を赤い綿入れでくるんで、真冬の無人駅で自分を待っていた春子の、あきらかに母親らしく変貌した顔を思い出した。駅舎の瓦屋根には雪が重く積もり、ストーブが焚かれていても、隙間風がいびつな木造の建物から吹き込む待合室は湿った埃の匂いが渦を巻き、田所は金沢で買った蟹を持ったまま、ふいに襲ってきた肉欲を押し殺していたのである。

――なぜ、子供を産んで育てる場所が、東京から遠く離れたこの能登鹿島でなければならないのか。私がいくら訊いても、春子は、「この駅が好きだから。それにヨネばあちゃんは、私の払う家賃で働かずにすむの」としか答えませんでした。花見の季節にも来ましたし、真夏の、うだるような暑い日に来たこともあります。ですが、春子は決して、そのヨネというおばあさんの家に私を連れて行こうとはしませんでした。逢うのは、このプラットホームのベンチか、駅舎の中か、あの牢屋の格子みたいな、駅舎とホームとの境にある重い開き戸のあたりでした。そのために、私はあらぬ詮索をし、興信所に依頼して、春子が何をして暮らしているのか、ひょっとしたら男でもいるのではないかと調べてみました。しかし春子は、たまに金沢まで買い物に出かけるほかは、あまり出歩かず、私の娘を育て、ヨネという何の血のつながりもない老婆と静かに暮らしていました。そして、私は三カ月に一度、たいてい多目の金を封筒にしまい、この駅に通いつづけたわけです。春子が、この駅から外に私を連れて行こうとしなかったのは、彼女もまた自分を抑えていたのでしょう――。

田所は紙コップに残っている最後の酒を飲んだ。青年は足元に目を落とし、レールの鉄粉が染み込んで茶色い縞を為《な》しているプラットホームの先端に視線を移すと、

「さっき、この駅をひどく憎むようになったって仰言いましたが、それは、どういう意味なんです？」

そう質問した。

「春子が、能登鹿島で暮らし始めて三年後に、妻が死んだからです」

と田所は、わざと風景を楽しんでいる目つきをして言った。

「医者は結核だと決めつけました。俺がわずらったころよりも、はるかにいい薬ができてるよ。そんなの、すぐに直るさ。私はそう言ったし、実際そう思ったんです。しかし、二カ月たって、医者は診断をくつがえし、肺癌だと私に告げました。そしてそのときは、もう手遅れになっていました。結核だと誤診されてから、たったの半年で、妻は亡くなりました」

七尾湾の上空に、小さな虹があらわれた。雨雲は、まだ遠くにあったが、あ

のあたりでは細かな雨が舞っているのだろうと田所は思った。

「私は、妻が死んだことを、それ以後二年間、春子には黙っていました。そんなことはおくびにも出さず、三カ月ごとに、この駅に出向いては、だんだん大きくなっていく娘と、プラットホームで遊んでいました。そのあいだ、春子はつねに二、三歩離れて、おもに娘の近況を私に話しつづけます。山で遊んでいて漆《うるし》にかぶれたとか、はしかは軽く済んだとか……。私は、妻が元気なころ、春子とこの駅で逢うたびに、もし何かのひょうしで、妻が死んだらと考えたりしたのです。私は、そんな自分の心を慌てて叱りつけ、たとえ冗談にせよ、そのような考えを浮かべるのは、なんという恐ろしい人間かと、自分で自分を責めつづけました。一度や二度ではありません」

田所は、一区切り置くと、

「でも、妻が死んで二年が過ぎ、三回忌を終えて、私は春子に妻の死を伝えました。まあ、いろんな問題はありました。亡くなった妻とのあいだにできた娘は、当時二十歳《はたち》で、親父に反対されそうな自分の恋に夢中でしたので、いわば交換条件みたいに私を許したのです。私は春子と再婚し、いま、とりたてて大過なく暮らしています。息子は二十七歳になり、外国系の航空会社に勤め、ウィーンに駐在して丸一年たちました。先日、国際電話で、新しい母親と腹違いの妹にウィーンに遊びにこないかと言ってきました」

田所は、さらに何か言おうとしたが、猛禽の声が、他の野鳥を騒がせたので、そのほうに驚いて振り返った。彼は立ちあがり、梢の奥に、空《から》の四合壜を投げつけた。

「亡くなった奥さんは、あなたとその春子さんとのことは、最後までご存知なかったんですか？」

青年の問いに、田所は、

「ええ、知らなかったでしょう」

と答え、それも空になった蒲鉾の容器を、山肌の梢めがけて投げた。霧雨が海のほうから降ってきた。

青年は、その霧が、まるで目に沁《し》みるかのように、眉根に皺を寄せて見入ってから、ふいに足元の小石をひろい、猛禽の声のするほうへ投げた。

ホット・コーラ

駅からバスで二十分近くかかる新興住宅地の一角に、〈アトラス〉という喫茶店があった。近くには小学校と幼稚園が並んでいて、そのまわりを、建坪十五坪ほどの建売住宅がひしめきあって囲んでいる。〈アトラス〉の裏手には水の流れていない川があり、対岸に精神病院の古いコンクリート屋根が見える。川の埋め立て計画がほぼ具体化した二年前に、須藤英男と伸子の夫婦は、店舗付きの二階建てを二十五年のローンで買い、〈アトラス〉を開店した。しかし、近所の住人の多くは、二時間近くかけて、大阪や神戸に勤めに出る若い夫婦者だったので、〈アトラス〉は、まったくはやらなかった。住人は疲れて帰宅し、食事を済ませると家に閉じこもって出てこなかった。須藤英男は、なんとか客を得ようとして、さまざまな工夫を凝《こ》らしてみた。サラダとトースト付きの珈琲《コーヒー》を早朝サービスに置いてみたり、スープ付きのドライカレーを、日曜日の昼食として、ほとんど儲《もう》けなしの値段で出したり……。

けれども、五坪の店内が満員になる日は滅多になく、開店三カ月で、土地と建物を担保に銀行から金を借り、商売替えをしようかと真剣に考えねばならないありさまになった。そんなころ、住宅地の北のはずれに、蒲鉾《かまぼこ》工場が移転してくるのが決まり、〈アトラス〉と通りをへだてた斜め向かいに、工場に勤める女子社員たちの寮も建設されることになった。女子寮とはうってつけだ。工場は三交代制の二十四時間操業ということだし、もうしばらく辛抱すれば、蒲鉾工場で働く者たちが〈アトラス〉の常連客になってくれるだろう。夫婦はそう励ましあって、一日千秋の思いで、工場と女子寮の完成を待ったのだった。

女子寮のほうが先に完成し、二カ月前に、五十数人の若い女子社員たちが引っ越してきた。しかし、工場と寮の客を当てこんだ別の喫茶店が、〈アトラス〉よりも三倍広い大きさで、高原のペンション風の建物を開店させたのも二カ月前だった。須藤の妻は、商売仇《がたき》の喫茶店の工事が佳境に入るころ、ひどくがっかりして、親戚の電気工事店に勤めだした。せめて、ローンの返済額の半分でも、自分で稼ぎたいと言い張り、結局、自分の意見を押しとおしたし、英男も、そうするしかあるまいと折れたのである。

それでも、近くに女子寮が出来たお陰で、〈アトラス〉の月の売り上げは三割がた増えていた。英男と伸子は、ともに三十歳で、結婚して七年たつが子供に恵まれなかった。四年前に病院で調べてもらったが、二人に異常はなく、医者に、

「何年間も子供が出来なかったのに、ある日、ぽこんと出来て、それから五人の子持ちになった、なんてことがよくあるんですよ」

と言われた。その際、女性の側の精神状態も、おおいに影響するものだと聞かされ、貧乏人の子だくさんも理に適《かな》っているし、そうでない場合もまた肉体と精神の関係においては理論的だと言って笑った医者の顔を、英男は妙に忘れられなかった。商売は牛の涎《よだれ》、という言葉があるではないか。ひとところで耐え忍んでいれば、〈アトラス〉でそれぞれの憩いを楽しむ客たちが定着するかもしれない。そうなれば、ローンの返済や生活の苦しさに心を痛めることもなくなり、伸子と自分とのあいだに子供が出来るかもしれない……。英男は、開店の準備と同時に出勤していく伸子を見送りながら、そう思うのである。

水の代わりにゴミで埋まる川の土手に、セイタカアワダチソウが生い繁り、そのために対岸の精神病院が隠れてしまった八月の半ばの土曜日、ひとりの女

客が〈アトラス〉の入口に近いテーブルに坐った。

あてにしていた蒲鉾工場の女子社員も、たまに何人かが寮の門限前に、サンドウィッチとかホットケーキなどを食べに来ることはあったが、いまのところ、工場関係の客は、機械を管理する技師三人と工場主任だけだった。四人は、工場の建設現場に毎日立ち合って、機械の設置を担当していた。土曜と日曜日には、機械メーカーの担当者に仕事をまかせて、朝の十時から〈アトラス〉の奥の席で競馬予想紙を並べ、店に置いてある小型のテレビで競馬中継に見入っている。彼等は、いつも奥の席に陣取り、最終レースが終わるまで〈アトラス〉のカウンターにある赤電話を使ってノミ屋で馬券を買うのだった。英男にとって、彼等はありがたい客ではなかった。自分の店を根城《ねじろ》にして、ノミ行為などされたくなかったが、工場主任の、

「工場が移転してきたら、うちの社員で満員になるさかい、マスター、よろしゅうたのんまっせ」

という言葉を最後の依《よ》りどころみたいに感じてもいたのである。

女の客は、美人の部類に属するだけでなく、着ているものや、全体から漂うものに気品があった。三十二、三歳で、薄化粧のせいもあって顔色は青味がか

って見えるほど白かった。英男は水を運び、注文を待った。女は、

「ホット・コーラ」

と言った。

「はっ？」

英男は首を突き出し、もう一度訊《き》いた。

「ホット・コーラです」

テレビに映るパドックの馬を見つめていた工場の四人組も、いっせいに口を閉ざし、女に視線を向けた。

「ホット・コーラ……。コーラを温めるんですか？」

「ええ」

女は、臆した様子も、恥じらいの色も見せず英男を見つめた。とっさに、英男は川向こうに精神病院があることを思い、できるだけ平静を装って、

「はい、ホット・コーラですね」

と言い、カウンターの中に入った。入りぎわ、工場の四人組と目が合った。四人も、英男と同じことを思ったらしく、ぎごちなく馬の話に戻った。ホット・コーラなど作ったことはなかったので、英男は冷蔵庫からコーラの壜《びん》を出

し、一瞬途方に暮れた。そして、そうだ、コーラを温めるのだから、なにも冷えたのを使う必要はないのだと考え、裏口に置いてある箱の中の壜を持って来て栓を抜いた。

湯沸かしにコーラを移し、ガスコンロに乗せたが、たちまち薄茶色の泡が膨《ふく》れあがってこぼれ出た。コンロの火が消え、ガスなのかコーラの焦げた匂いなのか、それともその両方なのか区別のつかない臭気は、狭い店内にたちこめた。慌てて、コンロのコックを閉め、大半が泡になってこぼれ出たコーラを捨てると、新しい壜を抜いて、こんどは弱火で温めた。

何度も四人組と目が合い、そのたびに英男は、女の横顔を盗み見た。泡が膨れあがる寸前に火を停め、グラスに注いで盆に載せ、英男は湯気のあがっている熱いコーラを女のテーブルに運んだ。

湯沸かしに残った熱いコーラを、そっと珈琲カップに入れると、英男は女に気づかれないようにしてすすった。うまいのか、まずいのか、判断がつかなかった。甘味だけが、しつこく舌に残ったが、その甘味は、次第に英男を哀《かな》しくさせてきた。

夫婦で苦労して、やっと手に入れた家と店舗だが、もうあきらめて手放そう。

そして、どこか就職口を捜そう。客商売は場所がすべてだというが、まったくそのとおりだ。こんなところで喫茶店を営《いとな》もうと考えた自分は、世の中のことなど何も知ってはいなかった。要するに、自分は馬鹿なのだ。工場が移転して来て、女子社員の寮も出来るとなれば、資本力を持ったやつが、目をつけない筈《はず》がない。あの、若い女の趣味に合わせた薄緑色のペンション風の喫茶店は、店内も凝った造りで、自家製のケーキも置いてある。それに比べて俺の店は、趣味の良くない壁紙と窮屈なテーブルの配置で、そのうえ馬券狂いの常連と、ホット・コーラなんかを注文する気味の悪い女客だ。こんな客がもう二、三人も増えたら、誰も俺の店に寄りつかなくなる……。英男は、裏口の窓から、日盛りの土手を見つめ、セイタカアワダチソウにいっとき焦点の合っていない視線を注いだ。

女は、ホット・コーラを半分ほど飲み、通りに面したガラス窓に凭《もた》れるようにして物思いにふけっているみたいだったが、三十分ほどで出て行った。女が店から出ると同時に、工場の四人組が、カウンターに席を移し、口々に英男に話しかけた。

「ホット・コーラ！　わし、そんなん初めて聞いたで」

「俺、飲みかけた水を噴き出しそうになったなァ」

「マスター、あの客、初めての客やろ？」

「どう見ても、頭がおかしいようには見えんけどなァ……」

そのうち四人は笑いだし、ホット・コーラやて、ホット・コーラやて、と互いに肩を叩き合って奇声をあげた。

「軽症の患者で、ときどき外出許可をもらえるんやろ」

技師のひとりが、土手の向こうを指さして言った。ひとしきり、ホット・コーラの話題に興じていたが、英男が不機嫌さを露わにさせ、話に乗っていかないので、四人は元のテーブルに戻り、次のレースは本命で決まりだとか、いや本命の馬に乗る騎手は、きょうすでに二つ勝っているから、もう用なしに違いないとか言い合って、赤電話のダイヤルを廻し、ノミ屋で馬券を買った。

その夜、店を閉めて二階へ上がり、いかにも疲れて帰宅したことをうしろ姿にへばりつけた妻を見ると、いったんは奇妙な女客について話すつもりだったのに、英男はそのまま無言で風呂に入った。頭を洗いながら、英男は女客の横顔を思い描いた。自分も、四人組も、てっきり精神病院の患者だと決めつけているが、温めたコーラを注文したからといって、そう安直に即断するのは間違っているような気がした。案外、自分たちの知らないところで、ホット・コーラなる飲み物が流行しているやもしれず、コーラは冷やして飲まなければならないという法律があるわけでもない。いろんな人間がいて、いろんな嗜好《しこう》があり、あの女性はコーラを温めて飲むのが好きなのだ。英男にそう思わせたのは、女の持つ清潔感が、これまで接したことのない種類に属していて、英男の心に焼きついてしまったからである。

英男が生まれ育ったのは、熊本県の、阿蘇山に近い小さな村だった。父は大工で、仕事にありつくと、宮崎県や長崎県に泊まりがけで出かけて行き、二カ月も三カ月も帰ってこなかった。英男が中学一年生のとき、仕事が減り、一家で大阪に出て来たのである。小さな工務店に雇ってもらったが、月給制ではなく、仕事をした分だけを日給で貰うかたちだったので、生活は熊本にいるときよりも苦しかった。そのため、英男は中学を卒業すると、製氷会社に勤め、夜間高校に通った。

伸子とは、その夜間高校で知り合った。けれども、恋愛感情のようなものを感じたわけではない。ただ自分の熊本訛《なま》りと同じ喋《しゃべ》り方をする無口な同級生がいるという程度の認識しかなかったのだが、夜間高校を卒業して二年ほどたったころ、同郷の知人の勧めで見合いをすると、それが伸子だったのである。

見合いの席で、英男は伸子が、自分の郷里から十キロ離れた隣村出身であるのを知った。伸子も、中学を卒業すると、大阪の電機メーカーに就職し、洗濯機のモーターの一部を本体にハンダ付けする女子工員として働いていた。伸子が無口なのは、熊本訛りが恥ずかしかったせいで、英男と二人きりになると、半分大阪弁の混じった郷里の言葉でよく喋った。

夫婦は釣り合いのとれているのが一番ええ、という父や知人の言葉を、英男は自分なりに咀嚼《そしやく》し、貧乏に慣れていて、働くことを苦にしたりしない伸子のような娘が、自分には最も適しているだろうと考えた。英男には、かなり強い学歴コンプレックスがあり、その点でも、自分と伸子とは理解しあっていけそうな気がしたのだった。

どうせ三、四年の期間をもっても、収入が格別増えることもないのだから、夫婦共稼ぎで、いっときも早く一緒になれという周りの勧めで、見合いから三カ月後に結婚したのである。

自分は、つまらない人生をおくっているな……。風呂からあがって、体を拭くとき、英男はふとそう思った。食事の用意をしている伸子の、どんなにおしゃれをしてもいなか臭さが残る顔を盗み見た。自分たちは、いつも烈《はげ》しくなかった。自分たちの生活同様、愛情もその表わし方も、切り詰めて切り詰めて、たまにはめを外すことすらしなかった。そう思うと、英男は、にわかに伸子をうとましく感じた。

「毎月の売り上げ、ちょっとずつ増えてきたねェ」

と伸子が風呂場に近寄って言ったが、英男は小声で、

「うん、ちょっとずつな」

とだけ答えた。その、ちょっとずつという幸福の種すら、英男には、貧乏臭さといなか臭さの象徴のように思われた。


女は、火曜日と木曜日、それに土曜日に〈アトラス〉にやって来るようになった。そして、必ずホット・コーラを注文する。店に入って来るのが午後二時を少し廻った時分で、三時を過ぎるまでいることはない。たいてい、二時四十分ごろに代金をテーブルの上に置いて出て行くのだった。ぽつねんとガラス窓から路上を眺めている日もあれば、本を読んでいる日もあった。

女が精神病院から出て来るのを見たと、蒲鉾工場の機械技師の、鬼の首でも

取ったような言葉を聞いたのは、九月の初旬だった。

「ええとこの嫁はんが、何かのひょうしに頭がおかしなったちゅう感じやな」

その技師の言葉を耳にしながら、英男は合点《がてん》がいかなくて、そっと首をかしげた。精神病院に入院している女が、小粒でも本物のダイヤの指輪をはめているだろうか。あんな病院には、いろんな患者が収容されているのだから、高価な装身具など身につけさせないだろう。もし本当に患者だとしたら、よほど模範的な患者だということになる。医者に許可された外出時間を、一度も破ることなく病院にちゃんと帰っていくなど、精神に異常をきたした人間にできるだろうか。たまには家に帰ってしまったり、気ままに夜遅くまで町をうろついたりもするだろう。英男は、そんな自分の考えを技師に言った。すると工場主任も、うーんと唸《うな》ったあと、腕組みをしてこう言った。

「俺の兄貴のつれあいが、お産のあと、ちょっとおかしいなったことがあるんや。どこがどうおかしいっちゅうわけやないんやけど、やっぱりおかしい目になった。あの女の目は、どう見ても、おかしな目やないんやなァ……」

「目……？　目でわかるもんですか？」

若い技師の問いに、赤ら顔の工場主任は、大きく頷《うなず》き返した。

「目を見たらわかるよ。うちの工場の社員の中にも、いままで五人ぐらい頭がおかしいなって入院したやつがおる。ある日突然、いつもの目と違う目になりよる。妙に吊《つ》りあがったり、膜がかかったみたいになったり、逆に、光りすぎるくらい光ってたり……。うまいこと口では説明できんけどなァ」

「あのお客さんの目は、正常な目ですか？」

英男は工場主任に訊いた。工場主任は、片方の膝を貧乏ゆすりさせて、

「真っ正面からじっくり見たわけやないけど、俺には、頭のネジがどこか外れた人間には見えんなァ」

「そやけど、精神病院から出て来るのを、俺は確かに見たんでっせ。俺がそのあと、工場へ戻って用事を済ませてから、この店に来たら、ホット・コーラを飲んでたんや」

技師は煙草の吸い口をテーブルに強く打ちつけながら、むきになって言った。

工場主任は、再び、うーんと唸り、

「精神病院から出て来てホット・コーラ。やっぱり、おかしいんかなァ」

とつぶやき、工場の建築は九割がた進んだので、今週末から引っ越し作業が始まる、徹夜仕事になりそうだと言って自分の珈琲代を払った。技師も飲み残

した珈琲をあおり、ヘルメットを小脇に出て行った。英男は、誰もいない店内を見渡し、それから、いつも女が坐る入口の席に近づくと、椅子に腰を降ろして、女がするのと同じようにガラス窓に体を凭せかけて、外の路上に目を落とした。道の向こうには、似たようなアルミ製の門扉《もんぴ》と玄関のドアが並んでいた。どの家も、外観に多少の違いこそあれ、低い門柱のサイズと玄関までの距離、それに屋根の形だけは同じだった。英男はこの場所に店舗付きの二階建てを購入して以来、車が二台やっとすれちがえるほどの道の向こうに居並ぶ家々を、ついぞ一度もじっくりと眺めたことはなかった。朝刊が新聞受けに入ったままの家があり、その隣の家の門扉には白い猫が目を細めて坐っている。門扉から玄関までの二メートルの空間には、一様に幾つかの鉢植えがあった。アロエ、ツツジ、松、薔薇《ばら》……。

英男は、それぞれの台所事情はわからないものの、みんな一戸建ての家を持ちたくて、どれもこれも似かよった、柱の細い、窮屈な家を、退職金を前借りしたり、親から金を出させたりして頭金を捻出し、銀行のローンと金融公庫のローンを足して買ったのだなァと思った。

〈アトラス〉の真向かいの家からかぞえて、ちょうど六軒目の家の風情《ふぜい》が、英男の心に引っかかった。彼は少し眉根を寄せ、ガラス窓に額を押しつけて、その家を観察した。そこだけ、あたかも無人の家みたいに、鉢植えもなければ新聞受けもなく、門扉から玄関にかけて雑草がはびこっているのに、二階の窓はあけはなたれているのだった。

英男は、やがて、その二階の窓に、近づいたり離れたりする人影を認めて目を凝らした。それは、中学生になるかならないかの年頃の少年であった。少年が、ときおり窓に近づくとき、あきらかに視線は〈アトラス〉の入口の横にあるガラス窓に注がれた。英男は店の壁の掛け時計を見た。二時十分だった。その日は金曜日だったので、女が訪れる日ではない。英男はなんだかがっかりして、早くあしたになればいいのにと思った。たとえ心を病んでいたとしても、それはそれで女の特殊な魅力として、英男を酔わせるのである。英男は日を追って、自分もおかしくなったように感じた。かつてない想像力が、他愛ない恋愛劇を英男の中で次から次へと組み立ててやまないからだった。

英男と女は、列車に乗って海沿いの鉄路を進んで行く。女が気分の悪さを訴える。大丈夫だ、しばらくしたら直るよと英男が温かい目でささやく。駅に降りると、涼風がプラットホームの植木をそよがせ、親切そうな駅員が切符を受け取る。女が、日傘を買いたいと言う。買った日傘をさして、英男と女は静まり返った古い家並みの道を歩いて行く……。そんな英男の空想には、最初は肉の匂いは生じなかった。ところが、ここ十日ばかりで、劇は、女との営みばかりに変わった。英男は女の乳首をきつく指でつかんだまま、女の上手な体の動かし方を楽しみ、女をへとへとにさせるまで離さない。女の汗ばんだうなじや背が、仄《ほの》かな青い明かりに染まって動く……。

英男は、夕刻、もう一度、入口に近いテーブルに近づき、ガラス窓越しに、少年がいた家を見つめた。二階の窓は網戸がかかり、台所に小さな人間の顔がちらついた。西陽が道を照らして、そのために、台所は暗く、動いている人間の男女の区別もつかなかった。英男がテーブルから離れると、珍しく真向かいの家の、英男とおない歳《どし》の夫婦が店に入って来て、ドライカレーを注文した。二人とも、英男は、その佐藤という夫婦を、休日以外に見たことはなかった。二人とも、夜の十時ごろ家に帰り着き、朝の七時にはもう出勤してしまうのである。

「こんな早くに、珍しいですね」

英男は二人に言って、テーブルに水を運んだ。夫のほうが風邪をひき、朝少し熱があったので会社を休み、妻も、それならばと休みを取って、ずっと寝ていたのだという。

「もう泥みたいに眠ったわ。窓をあけて寝たのに、物音ひとつ聞こえへんかった」

と妻のほうが言った。佐藤の妻は、近所の奥さん連中で作っているバレーボールチームのキャプテンをしている。長い顔にロイド眼鏡に似たのをかけた佐藤は、

「蒲鉾工場の女子寮が出来て、よう儲かるようになりましたやろ」

と英男に言った。あてにしていたのだが、新しい喫茶店が出来て、みんなそっちに取られてしまったと英男は答えた。英男はドライカレーを作りながら、少年の姿を見た家について、さりげなく訊いてみた。

「うちからかぞえて六軒目いうたら、安藤さんやな」

と佐藤は言った。

「玄関先に雑草がはびこってる家です」

その英男の言葉に、佐藤夫婦は顔を見合わせて頷《うなず》き、

「安藤さんや」

と答え、それがどうかしたのかと訊いてきた。

「いや、あの玄関先の雑草が気になったもんやから」

安藤という家は、七十四歳の祖母と、小学校六年生の孫の二人暮らしで、町内の連中とのつき合いはまったくなく、家の事情はわからないと佐藤の妻は言ってから、

「そやけど、安藤さんの右隣の石丸さんが、年寄りと子供だけの家やから、いっぺんみんなで草むしりをしてやったらどうやろ言いはって、あさっての日曜日に草むしりをしますねん」

とつけ足した。

「気になるんやったら、マスターも、あさっての草むしりを手伝うてえな」

佐藤は、にやにや笑いながら英男に言った。

「何時からです？」

「昼の一時ぐらいからやなァ」

田圃《たんぼ》の草むしりをやるわけではあるまいし、町内の連中が集まるなんて大袈《げ》裟《さ》だなと思ったが、英男は、店に客がなければお手伝いすると答えた。

翌日、二時を廻ったころ、女は〈アトラス〉にやって来た。英男はその三十分ほど前に、いつも女が坐るテーブルの椅子をわざと取り外しておいた。女は

椅子がないのを見て、当惑顔で英男を見やった。

「ちょっと汚れたもんで、洗うて、いま陰干ししてるんです」

英男はそう説明して、別の席を勧めた。しかし女は、それならば他のテーブルの椅子をこっちに動かしてもいいかと訊ねた。

「その席でないといけませんか？」

女は無言で頷いた。英男は自分の勘が当たって、なぜか体が熱くなった。彼は、椅子を運び、

「ホット・コーラですね」

とぎごちない笑顔で訊いた。他に客はいなかった。四人組がこなければ、テレビをつける必要もないのだった。

「きょうは静かですね」

と女は言ったが、どこかうわのそらで、視線は間違いなく安藤家の二階に向けていた。ホット・コーラを運んだ際、英男はそっと安藤家の二階を見やった。窓はあけられていたが、少年の姿はなかった。それで、彼はうっかり女に喋りかけそうになり、慌てて口をつぐんだ。

女は本のページをめくって、そこに目を落としたが、二、三分もすると、視

線を安藤家の二階に移し、それからゆっくり路上を見つめた。英男は入口の取っ手を磨くふりをして、乾いた布を持ったまま、扉のところでしゃがんだ。そうすれば、英男と女と安藤家の二階の窓とは同じ直線上になるのだった。十分近く、英男は取っ手を見ないまま、ただ手だけ動かして磨いた。けれども、安藤家の二階の窓辺には、人間の顔はあらわれなかった。勘ぐりすぎだったかな……。英男はそう思って、カウンターの中に戻り、それから裏口に出した四脚の椅子を店内に入れた。女の目が斜め上に注がれて動かなかった。英男は、また布を持ち、扉の取っ手を磨きながら、安藤家の二階を見た。少年が窓辺に立って、女を一心に見ていた。やがて少年は、ひらがなを一字だけ書いた画用紙を両手でかざした。〈き〉という字であった。少年の姿は消えたが、すぐにあらわれた。そのたびに、両手でかざす画用紙の文字は変わった。

〈きょうのおかずははんばあぐ〉

十三回、画用紙をかざしたあと、少年は胸元で小さく手を振り、窓辺から去った。そして、サッカーのボールを持って玄関から走り出、小学校の校庭の方角に、あとも見ずに駆けて行った。女は店の掛け時計に目をやり、本を閉じると、財布から金を出し、それを三分の一ほど飲み残したホット・コーラの横に置いた。

「まいどありがとうございます」

英男は、うわずった声で言って、ドアをあけてやった。

女が去ってまもなく、蒲鉾工場の四人組が、別の社員たちを連れて、〈アトラス〉に入って来た。

「あの女は？」

と技師のひとりが英男に訊いた。もう帰ったと答えると、残念そうにカウンターを叩き、

「こいつら、みんな信用しよれへんねん。ホット・コーラを飲む女なんて、お前らのでっちあげやっちゅうて、俺らを笑い者《もん》にしよるんやで」

「ここのマスターもぐるになって、そんなしょうもない作り話をする筈がないやろ」

工場主任は、汗で黒ずんだ作業服のボタンを外し、おしぼりで胸や腋《わき》の下を拭きながら、社員たちに言った。

「よし、どんな味か、俺がいっぺん試したる」

ボディービルダーのような体つきの社員が、英男にホット・コーラを注文し

た。店は、開店して初めて満席になっていた。英男は、何人もの笑い声に囲まれてホット・コーラを作った。

蒲鉾工場の社員が、それを半分ほど飲むまで、忍び笑いやら、胸が悪うなるさかい無理するな、とかの声が散発的にあがった。

「うまい。これ、いけるで」

店の真ん中で立ったままホット・コーラを飲み、社員のひとりは真顔で言った。

「嘘《うそ》つけ！　うまい筈があるかいな」

「いや、ほんまにうまい」

「お前、ゲテモン食いやさかいなァ」

「いや、なかなかいける。これは通《つう》の味やで」

やがて、残ったホット・コーラを、みんなは廻し飲みした。一口で顔をしかめる者もいれば、舌を鳴らして、念入りに味わう者もいた。けれども、うまいという者はボディービルダーみたいな男だけだった。

英男は、ホット・コーラを飲む女を見るために、この連中は来週もやって来るだろうと思った。だが、そんなことが一度でもあれば、女は二度と〈アトラス〉に足を運ばなくなるだろう。そうすれば、一緒に暮らせない母のための、少年の一枚一枚ひらがなを書きつけた画用紙による近況報告も終わらざるを得ないだろう。英男は、女と少年を、母と子だと確信していたのだった。彼は、女と少年の、つかのまの交流を邪魔しないでやってくれと、何度、蒲鉾工場の社員たちに言おうとしたかしれない。けれども、英男はそれを口にすることはできなかった。工場主任は、約束どおり、自分の同僚や部下たちを〈アトラス〉に連れて来てくれた。この客たちを得ることと、ひとりの女客を失うこととは比較にならなかったからである。そんな自分の計算を情けなく思いながら、彼は、八人前のドライカレーと五人前のスパゲッティーを作りつづけた。

夜、英男はきょうの売り上げ伝票を伸子に見せ、

「俺は、お前にとって、愛する亭主か？」

と訊いた。愛という言葉を口にしたのは初めてだったので、彼はそれを言うとき、畳の目を爪でかいた。

「当たり前やろ？　急に、どうしたん？」

伸子は、英男の顔を覗《のぞ》き込むと、あんたはどうなのかと訊き返してきた。

「何が？」

「私は、あんたにとって、愛する女房か？」

英男は、畳の上に寝そべり、

「当たり前や」

と答え、蒲鉾工場の社員たちが客として定着したら、勤めを辞めて店を手伝ってくれと言った。

階段

私はもう金輪際、〈貧しい人々が住むアパート〉に足を踏み入れたくありません。それどころか、そんなアパートの近くを通るのさえ、怖気《おそけ》立つほどです。最近は、都会の裏通りを歩いていても、汚れた壁につらら みたいな模様のしみがへばりついていようと、いちおうマンションと銘打たれた建物や、二階付きの借家が軒を並べる時代です。しかし、私が高校生だった昭和三十七、八年のころは、錆びたトタンか、質の悪いモルタル屋根の、桜の花びら型に切った紙で割れ目を張り合わせた窓ガラスだらけの、見るからに貧乏臭いアパートがいたるところに密集していました。

そんなアパートには、きまって人間のありとあらゆる排泄物の匂いが漂いつづけ、赤ん坊の泣き声と老人の咳《せき》が響き、埃まみれの薄暗い廊下や階段には、空の四合壜《びん》とか醤油《しょうゆ》の壜がころがっていたものです。子供たちのほとんどは青《あお》洟《ばな》を垂らし、どういうわけか住人の中には、正気ではない人が、一人か二人は混じっていたのです。

とりわけ、当時私たち一家が住んでいた大阪の大正区S町は、市電の走る通りから路地へと入れば、もう誰も住めなくなった廃屋を取り巻く格好で、屋根が波打っていたり、玄関の戸がこわれて外れたままだったり、といった木造のアパートがひしめく地域でした。私たち一家は、わずか二年の間に五回も引っ越しをして、私が高校生になったばかりのころ、大正区S町の〈亀井荘〉というアパートに転がり込んだのです。

父は半年前、母に大怪我をさせて、どこかに姿を消し、まったく音信がありませんでした。母の些細《ささい》な愚痴から端を発して、日頃、荒だった声など発したことのない父は、手元にあった急須を母に投げつけたのです。急須は母の頭に当たって割れ、側頭部を七センチも切ってしまいました。傷の最も深い部分は、骨にまで及んでいて、そのせいか、傷が直ったあとも、母はしつこい頭痛に悩まされていました。

私と母と兄が、亀井荘の二階にある西向きの六畳一間の部屋に引っ越した日は、昭和三十七年四月十五日でした。私が日付を正確に覚えているのは、その日が、母の誕生日だったからです。そして、それまで正月の祝い以外は、一滴も酒を飲まなかった母が、やがてあの忌まわしい日々へとつながる、わずか一合半の二級酒を飲んだ日でもあるのです。

すでに大正区S町への引っ越しを余儀なくされた日、兄はあと一年で卒業だというのに高校を辞め、堺市にある電機部品工場に就職することを決めていました。

「親父は、もう帰って来よれへんわ。気の小さい男やから、お母ちゃんに大怪我をさせて、きっと警察に追われてると思い込んどるんや。勝手にあっちこっち逃げ廻って、どこかで首でも吊《つ》りよるやろ」

亀井荘の狭くて急な階段を、私と一緒に、箪笥《たんす》を持って昇りながら、兄は、かなり濃くなった唇の上の髭を人差し指でこすって、そう言いました。箪笥を、廊下に面した壁に置くと、私たち一家の引っ越し作業は終わってしまい、こんどは、兄が工場の寮へ行く準備を始めました。勉強家の兄は、私のために、何冊かの参考書を残してくれて、工場から貰った仕度金の半分を母に渡しました。

そのあと、ふと思いついた様子で、

「お母ちゃん、頭が痛いとき、ちょっとだけお酒を飲んでみたらどうや？」

と言ったのです。

「それに、今日は、お母ちゃんの誕生日や。俺の就職祝いも兼ねて、ちょっとだけお祝いをしよう」

兄は、小学生のときから、とても成績が良く、高校に入学してからは、よほどのことがないかぎり、夜中の一時まで勉強をつづけていました。あまり感情を表に出さない性格でしたが、その日は妙に饒舌《じょうぜつ》で、似合わないはしゃぎ方は、私と母の口をいっそう重くさせました。夜の九時までに、工場の隣にある寮に入らなければならないのに、七時を過ぎても腰をあげようとはしません。私に五百円札を一枚握らせると、何か買ってこいと命じました。

「市電の停留所の向かいに、酒屋があったやろ。あそこで、適当にみつくろうて買うてこい」

私は、兄が寮の門限に遅れはしまいかと案じつつも、わざと時間をかけて、亀井荘の、泥だらけの階段を降りました。あちこちが錆びている子供用の三輪車が横倒しになっていて、どこかの部屋から、拍子木を叩きながらお経を唱えている声が聞こえていました。亀井荘の悪臭は、おそらく亀井荘だけのものだったでしょう。隣の菊谷アパートには菊谷アパートだけの、向かいの松葉荘には松葉荘だけの、どんな人間からも希望を奪い、肩を落とさせ、怒りを煽り、せっかくの生命力を苛立《いらだ》ちとか絶望への火に変える悪臭が、日毎夜毎、住人を包んでいたのです。

私は、立ち飲み屋も兼ねている酒屋で、満員の客たちのあいだを縫って、蒲鉾《かまぼこ》やフグの三日干しやらを選び、二級酒の四合壜を買って、亀井荘に戻りました。母は、私がいないあいだ泣いていたようでした。兄の目にも、泣いた跡がありましたが、私は、釣り銭を兄に渡し、

「乾杯、乾杯」

と大声をあげました。私は、お前も高校を辞めて働いてくれと言われるのが怖かったのです。私は、兄とは比較にならないほど成績は悪かったのですが、兄の就職が決まったとき、これからは懸命に勉強し、絶対に国立の大学に入ってみせようと決意していました。

兄が、四合壜の封を切り、母に飲むよう勧めました。

「よけいに頭が痛うなれへんやろか」

母はためらったあと、少し口に含みました。それを見届けて、兄は立ちあがり、送ってこなくてもいいと、私と母とを制して、荷物を持って出て行ったの

です。思えば、兄もまた、貧しい人々が住むアパートの悪臭や、そこで繰り拡げられる不幸から遠ざかってしまいたかったのでしょう。兄は、それっきり、亀井荘に足を踏み入れることはありませんでした。いま、私と兄とのあいだでは、亀井荘に引っ越した夜について語りあうことは、暗黙の禁忌《きんき》となっています。けれども、兄が知っているのは、母に関する出来事だけで、私の為《な》した行為は、知る由もありません。

恐る恐る舐めるように胃に流し込んでいた酒が、母の頭痛を取り除いたのは、少し大きめの茶碗に一杯半飲んだころでした。

「酒は百薬の長なんて言うけど、ほんまに、しつこい頭痛が嘘みたいに消えたわ。そやけど、これ以上飲んだら、心臓が踊ってしまうなァ」

母はそう言って、私の夕食を作るために、炊飯器を流しの横に置き、ダンボール箱にしまってある食器を出して洗い始めました。しかし、この一合半の酒が、たったの一週間もたたないうちに、母をアルコール中毒にさせてしまったのでした。

亀井荘には、七所帯が住んでいました。一階に三所帯、二階に四所帯。玄関を入ってすぐの右側に郵便受けがあり、二階への階段が、そのうしろにあって、階段のちょうど真ん中に、どういうわけか小窓が設けられていました。その小窓は、階段を昇るおとなの、膝のあたりにあるため、窓としては何の役にもたたないどころか、夏には西陽が射し込んで、階段に敷いてあるリノリュームを焼いて反らせ、冬には冷たい隙間風が吹き込んで、パチンコ屋に勤める若い夫婦の部屋を、のべつまくなしに揺らしつづけるのです。

亀井荘で暮らした二年三カ月のあいだ、私は、何度、その階段の真ん中に坐り、身を屈めつづけたかしれません。階段は十四段あり、上からかぞえて七段目、下からかぞえても七段目のところに腰を降ろせば、私は小窓から、アパートとクリーニング屋とのあいだにある、ドブに板を敷いた、人ひとりがやっと通れる通路の向こうに見える通りと、酒屋の立ち飲み所を覗《のぞ》けるのでした。

私は、いつも、上からも下からも七段目のところに坐りました。一段でも上に坐れば、パチンコ屋に勤める夫婦の部屋が、建てつけの悪い戸の隙間から見えてしまうからであり、一段でも下に坐れば、玄関を出入りする住人に、そんな自分の姿が見られてしまうからだったのです。

けれども、十五歳の春から十七歳の夏まで、亀井荘の階段の真ん中に坐りつづけた自分を思い起こすと、ただそれだけの理由だけではなかったような気がしてきます。私はいつも、かたくなに、何かのまじないみたいに、上からかぞえても下からかぞえても七段目に坐りつづけました。そこは、落ち着きのない、汚れた場所でしたが、亀井荘というアパート内の気配の中心地であり、神経を外部に注げば、市電から降りて来る人々の話し声や、路地でささやき合う男女の肉の火照りまでが伝わってくる場所でもあったのです。そして、もしかしたら、私はその特別の段に固執することで、私という人間の均衡を、必死で保とうとしていたのかもしれません。私の乗っているシーソーは、大きく傾いてはいても、私がそこでじっとしているかぎり、動きはしなかったからです。

私と母の住む部屋の斜め向かいに、五十を少し過ぎたと思われる男がひとりで住んでいました。妻も子もあり、別段、経済的に困窮を極めているというのでもなく、とりたてて仲が悪いというのでもないのに、なぜか妻子とは別々に暮らしていました。アパートの住人の噂《うわさ》によれば、男の妻子は広島で小さな飲み屋を営《いとな》んでいて、男は月末になると、妻子と逢うために三日間留守をする、とのことでした。仮に、その男の名を島田一郎と名づけておくことにいたしましょう。

島田は、背は低いけれど、肩幅の広い、幾分がにまたで歩く、親切でもなければ不親切でもない男でした。大阪港の近くの倉庫会社に、もう終戦直後から勤めていました。夜勤専門で、夜の九時に出掛けて行き、朝の七時に帰ってくるのです。酒は飲まず、外食もせず、掃除の行き届いた部屋で、几帳面に自炊をし、夜食用の弁当も自分で作っていました。

おそらく、島田が一人暮らしで、どちらかと言えば男気のあるかのような物言いをするので、亀井荘に住む男たちは、老人と子供を除いて、しばしば彼の部屋を訪れ、テレビを観たり、安い賭け金で花札をやったりしていました。そのなかでも、毎夜のように島田の部屋を訪れるのは、一階に住むタクシーの運転手。朝夕、拍子木を叩いて般若経《はんにゃきょう》を唱える老夫婦の息子。そして私の隣の部屋に住む手品師です。とくに、手品師は、島田が仕事に出掛けても、勝手に鍵をあけて、島田の部屋にあがり込み、夜遅くまで、畳に寝転んでテレビを観ていたものです。この手品師は、滅多に仕事にありつきませんでした。九条《くじょう》や十三《じゅうそう》のストリップ小屋で、幕間《まくあい》に手品をやる仕事が、月に三日か四日舞い込む程度で、あとは一緒に暮らしている妹に金を無心して、雀荘《ジャンそう》に入りびたっていました。手品師の妹は、心斎橋にある百貨店に勤めている口数の少ない不器量な娘で、亀井荘の口さがない女連中は、二人を兄妹なんぞであるものかと笑いの種にしていましたが、私は、まぎれもなく兄妹であることを疑っていませんでした。

それは、二人の話し声を、引っ越して来た翌朝、壁越しに聞いたからでした。

「もう麻雀《マージャン》なんかやめとき。手品師やというだけで、お兄ちゃんがいんちきをするもんやと誰もが思うのはあたりまえや。お兄ちゃん、聞いてるのん？」

「ああ、聞いてるがな。そやけど俺が、あの本職の博奕《ばくち》打ちをだませるくらいの手品師やったら、妹の安い給料をあてにしたりするかいや」

そして、この手品師が、それ以後幾度か、階段をわざと音をたてて昇って来、母がレールの上に倒れて何やらわめきながら市電を停めていることを、薄ら笑いを浮かべて報らせてくれる御親切な男となったのです。

最初、私は、手品師が何を言っているのか、よくわかりませんでした。確かに手品師は、

「おい、お前のお母ちゃん、股開いて、市電を停めとるぞ。えらいこっちゃ」

と言ったのです。けれども、彼は楽しそうに笑っていました。その表情と言葉の内容とは一致しませんでした。私はその日、学校から帰ってくると、知人

が紹介してくれた菓子屋に働き口を求めて出向いて行った母を待っていたのです。

「市電を停めとるんや。早よう行って、連れて帰ってこなんだら、お前のお母ちゃんのここを、酔っ払いがいじくりまわしよるゾォ」

手品師はそう言って、自分の股間を二、三回叩きました。私は、母の身に何が起こったのか見当もつかないまま、部屋から走り出て、階段を駆け降りました。途中で膝が震え始めました。てっきり、母が市電に轢《ひ》かれたのだと思ったからでした。近廻りをしようと、クリーニング屋の横の、ドブ板の道を走り、表通りに出たとき、車のクラクションの音や、野次馬のざわめきや、市電の警笛が、大音響となって私を呑み込みました。母のスカートは腰までめくれ、レールの上から起きあがらせようとしている市電の運転手と車掌に、

「轢いてえなァ、早よう轢いてえなァ」

と、廻らぬ舌でゆっくり繰り返していたのです。私は、あとずさりし、野次馬の陰に隠れるようにして、ドブ板の道に身をひそませ、母が、何人かの男たちにかかえられて、歩道へ移されるさまを見ていました。酒屋の明かりが、歩道に坐り込んで顔をゆらゆらさせている母の内股の、青い血管までを映し出し

ました。

「おばはん、家はどこやねん」

市電が動きだし、野次馬の数も減ったころ、労務者ふうの男たちが母に訊《き》きました。そのとき私はやっと、ドブ板の道の暗がりから前へと歩きだし、通りを横切って、母の傍に行き、

「お母ちゃん、お母ちゃん」

と小声で繰り返しながら抱き起こして、アパートの部屋へと連れ帰ったのです。酒屋の主人が、

「こら、迷惑かけたんやから、ひとこと謝りんかい」

と、私に怒鳴っていました。

「ごめんな、ごめんな」

母は、私にはそう言うばかりで、何度も吐いたあげく、私の敷いた蒲団にもぐり込み、朝まで眠りました。

私は、母のそのような突然の乱れが、何かのひょうしに生じた一過性のものだと思ったのですが、そうではありませんでした。その日を境に、母は、どんなに食べる金がなくても、いかなる手口を使っても、酒を飲まずにはいられな

い人間になったのです。母の言い分は、酒を飲むと頭痛がおさまるのだ、頭痛がおさまらなければ働くことができないのだ、ということでした。しかし、どこへ勤めても、十日もつづきませんでした。昼日中から酒臭い息をして、舌も廻らなくなっている四十三歳の女は、どこでもたちまち馘《くび》にされました。

私は、学校にいるあいだ、授業中でも休み時間でも、母のことばかり考えていました。酔っている母を見たくありませんでした。市電のレールに寝転がっている母を迎えに行く際には、辛さや哀《かな》しさを通り越して、ほとんど神経がマヒしてしまうほどでした。また、神経をマヒさせなければ、スカートをめくりあげてレールの上でのたうっている母を連れ戻すために、アパートから出て行くことなどできはしなかったのです。

当時、兄が、どのくらいの月給を貰っていたのか、私は知りません。ですが、兄から毎月送られてくる八千円という金は、兄にとっては、自分にできる最大限の額だったに違いありません。なにしろ、昭和三十七年という時代であり、高校を中退した兄は、資格上では中卒の給与に組み入れられていたのですから。

随分長いあいだ、と言っても三週間ばかり、私は母のアルコール中毒のことを兄に内緒にしていました。けれども、母の、市電を停めるという醜態が五回に及んだ夜、私は、もはやどうすることもできなくなって、兄の住む寮に電話をかけました。そのときの、兄の無言を、私は忘れないでしょう。兄は、私が一部始終を話し終えると、ひとことも発しませんでした。私は電話が切れたのかと思い、大声で、もしもしと叫びました。すると、

「俺には、これ以上はでけへん」

兄はそう言って電話を切ったのです。私はうろたえ、夜の路地を、あてもなく歩き廻り、ふと思いついて、酒屋へ走りました。そして、主人に、母が来ても酒を売ってくれるなと頼みました。

「金を持ってきたら、売るでェ。うちは、それが商売やさかいなァ」

その酒屋の主人の言葉に逆上し、私は、

「そんなら、市電を停めて、店に迷惑をかけるななんて言うな！」

と言い返したのです。私は、酒屋の主人と、使用人のひとりに、胸ぐらをつかまれ、隣の空地にひきずって行かれ、口の中がずたずたになるまで殴られました。左の耳は、三日間、聴力を喪《うしな》っていました。

私には、学校を休んで、母を四六時中見張っている以外に方法はなくなりました。私が、階段に坐ったのは、母に酒を断たせるために、初めて学校を休ん

だ日です。小窓の木の枠に右肩を凭《もた》せかけ、膝をかかえて、ありとあらゆる物音の中から、ちょうど私の坐っている場所の真上にあたる私の部屋で生じる音だけを聞き取ろうとしました。母が水道の蛇口をひねる音、壁に凭れる音、着ているものが畳にすれる音……。それがいかに微細な音であろうとも、私の部屋で生じているのか、それとも他の部屋からこぼれてくるのか、私は判別することができました。そのうち、私の部屋から音は消えました。

私は、そっと腰をあげ、二階にあがって、部屋を覗きました。母は眠っていました。私は安堵し、念のために部屋に鍵をかけて、再び階段に戻ろうとしました。島田が部屋から出て来て、

「あれ？　学校休んだんか？」

と訊き、

「病院へ入れへんかったら、あの病気は直らへんで」

そう耳打ちしたのです。私は、五日も酒を断てば、アルコール中毒は直るものだと思っていたので、その自分の考えを島田に言いました。島田は気の毒そうに首を振り、

「十年やめても、一滴飲んだら終わりや」

と言いました。

「ちょっと、糞をしてくるわ。わしの部屋でテレビでも観とき」

島田は、廊下の奥の共同便所に行き、私は島田の部屋にあがって、テレビの前に坐りました。テレビの横に押し入れがあり、襖《ふすま》が少しあいていたので、私は中を覗いてみました。上段に蒲団が積まれ、下段にダンボール箱が二つ置いてあり、そのうちのひとつには、ぎっしりと雑誌が詰め込まれていました。その雑誌はすべて裏向けにされてあったので、私は一冊を手に取り表紙を見ました。〈奇譚クラブ〉という名の雑誌で、女を縛って木に吊り下げたり、鎖につないで首輪をはめたりしている写真とか絵とかが、私の目に飛び込んできたのです。私は、胸をどきどきさせて、便所のほうに聴覚を集中させたまま、ページをくっていきました。そして、慌《あわ》てて元に戻したとき、別のダンボール箱の、煙草やノートや手帳とかの下に、ぶあつい封筒があるのに気づきました。なぜ、中身を見ないままに、そこに何十枚かの紙幣があることを察知したのか、いまとなっては説明がつきません。けれども、私は、島田の押し入れの中にある二つのもの、妙に私を痺れさせる淫靡《いんび》な雑誌と金とに心を奪われて、視界が白くなっていきました。

島田は便所から戻ってくると、

「保健所で相談してみたらどうや。いや、区役所かな。まあ、どっちにしても、あんたのお母ちゃんのアル中は、ここにおったんでは直されへんで」

と言って、押し入れの中を探り、袋に入っている飴を出し、私に勧めました。

私は生返事をして飴を口に入れ、

「ときどき、テレビを観せてもらいに来てもええ？」

と訊いたのです。そのときすでに、私は、金を盗もうと思っていました。

「わしの部屋は集会所みたいなもんや」

島田は笑い、押し入れを閉めました。

三日間、私が学校を休んでいるあいだ、母は酒を飲まず、何度も私の手を握って、もう二度と酒を飲まないと誓いつづけました。兄が送ってくれた金は、四百円しか残っていなくて、兄の次の給料日まで、まだ十日近くあったのです。

だが、母はその夜、四百円で酒を買い、私が学校から帰ってくると、

「死にたいなァ、死にたいなァ」

と呻《うめ》きながら、私を見て舌を出しました。

「なんで、舌なんか出すねん」

私は、そう叫んで、母を殴ったのです。自分の母を、力まかせに、何度も何度も。

そのあと、部屋から走り出て、階段の真ん中まで、一段、二段、と声を出してかぞえながら降り、小窓のところに坐りました。手品師が、どこかから帰って来て、私をちらっと見やり、機嫌悪そうに二階にあがると、島田に声をかけました。

「ここ二、三日、市電が停まれへんなァ」

「息子が見張っとったからなァ」

私は、父が出奔する前の、私たち一家の生活を思い浮かべました。父は、小さいながらも、軍手を作る工場を営んでいたのですが、長年勤めていた社員の独立に手を貸してやるため、保証人の印鑑を捺《お》したのが元で、私が中学生になったときは、工場を手放して、働きに出なければならないありさまになりました。もともと愚痴っぽくて小心だったのですが、酒も賭け事もやらない、律義な性格は苦労の多い町工場を営むよりも、勤め人のほうが向いていたのか、別段不満も洩らさず、決まった時間に出掛けて行き、決まった時間に帰宅する毎日をつづけていたのです。

母は、へそくりの名人で、父よりもはるかに口がたち、外面よりもずっと気が強く、父が工場を人手に渡さなければならなくなった際も、

「また時期が来たら、前よりも大きい工場を持てるようになるわ」

と私たちを励ましたほどでした。それが、いったいどんな道筋をたどって、このような事態へと堕ちて行ったのか、十五歳の私には、まるでおかしな夢みたいに思われていました。父は、いったいどこで何をして暮らしているのであろう。母はなぜ、酒をやめられなくなったのだろう。しかし、そんな思いに、ぼんやりひたりつつも、私の神経は、二階へと向けられていました。

手品師は自分の部屋にひっこみ、島田はテレビを観ていました。迅速に行動すれば、一分で済むのです。島田が便所に行って帰って来るまでに、私は金を盗んでアパートから出て行けるでしょう。しかし、その一分のあいだに、誰が廊下に顔を出すかもしれず、ひょっとしたら手品師が島田の部屋にやって来るかもしれない。みつかったら、どんなことになるのか……。そのときの私は、自分がやろうとしている行為について、あまり深く考えていませんでした。

二十分ぐらいたって、あきらかに島田に違いない足音が便所に向かって響きました。私は階段を数段昇り、顔から上を廊下に出すと、島田が便所に入るの

を見届け、一瞬、手品師の部屋を窺いました。それから、島田の部屋にあがり、押し入れをあけて、ダンボール箱の中の煙草やノートや数冊の手帳を持ち上げ、金の入った封筒を手に取ると、素早く一万円札を一枚抜きました。そして、それを元に戻し、押し入れを閉めて、廊下に出、そのまま階段を降りたのです。

私が、アパートから出るという予定を変更して、階段の真ん中に腰掛けたのは、玄関の戸の向こうで人影が動いたからでした。しかし、その人影は、亀井荘には入らず、クリーニング屋の前を通り過ぎていきました。便所から戻って来た島田が、頭上で私を呼んだとき、私の体の血は、一瞬、すべて水に変わったようになりました。

「どないしたんや、そんなとこに坐って」

私は、顔をねじって島田を見つめたまま、

「ここから、酒屋が見えるねん」

と言いました。

「そこで、ずっと見張ってる気ィか？」

私は黙って頷き、これ以上よるべない顔があろうかというくらいの表情を作ったのです。島田は、浅黒い顔で笑い返し、部屋に入って行きました。

多少、動悸は高まったものの、私は予想していたよりも冷静に島田の金を盗んだのですが、やはり慌てていたのでしょう。階段の、いつもより一段上に腰掛けていたのです。そのために、部屋に入ろうとした島田に、私の頭が見えたのでした。

私は一カ月に一度、多いときには二度、島田の部屋に忍び込んで金を盗みました。学校から帰って来ると、階段の小窓のところに坐り、すべての気配に耳をそばだて、絶対に誰も廊下にいない一分間を捜しました。ときには、三カ月以上も、その一分間を選べない場合もあったのです。事実、私が迷いながらも、よしと心を定めて立ちあがりかけると、手品師が、あるいは、奥の部屋の家族の誰かが、廊下に出てきました。

母は、相変わらず酒につぶれ、そのたびに、私は母を殴りました。母は、何十回、私の手を取って泣きながら断酒を誓ったことでしょう。しかしそれは五日もたてば破られ、目をそむけるような姿を、電車道や市場の入口や、アパートの建ち並ぶ路地にさらすのです。

私が、島田から盗んだ金は、合計で八万五千円でした。彼は、私が金を盗み始めてから八カ月後に、部屋の鍵を新しく取り替えました。つまり彼は、自分が仕事に出ているあいだに、金が盗まれていると考えたのでしょう。私には、島田が八カ月も気づかなかったことも不思議でしたが、私の盗みが、ついに誰にも気づかれなかったことのほうが不思議でなりません。

私は、島田が新しい鍵を取りつけた日に、もう彼の部屋に忍び込むことをやめようと決め、そしてそれを守りました。ですが、冬の寒い日以外は、階段の真ん中の段に坐るのをやめませんでした。島田が亀井荘から引っ越して行き、手品師が、ある日出掛けたまま帰ってこなくなり、やがてその妹もいなくなり、新しい住人が住むようになっても、私は、学校から帰って来ると、階段に坐って、心のすべてを耳に代え、臭くて暗いアパートの物音を聞きつづけたのです。歯をゆすぐ音、寝返りを打つ音、蒲団を敷く音、インスタントコーヒーをスプーンで混ぜる音、酒を飲みたがっている母の、畳を叩く指の音。

いつしか私の耳は、アパートの外の音にも向けられ、心はもっと遠くの、いかにしても聞こえない音を探り始めました。それは、私が私によって創りだす音でした。ですが、私が架空の音に遊ぶようになると、はるか彼方から、母を殴っている音が聞こえてくるのです。

母は私が二十四歳で結婚したころに、心臓を病み、それによって酒が飲めなくなりました。強い不整脈は、わずかの酒でも大きく乱れ、母を息も絶え絶えにさせたのです。そのお陰で、母は酒から縁を切りました。と言うより、切らざるを得なかったのです。父は、ついにあれっきり、私たちの前にはあらわれず、いまも、行方が知れません。兄は夜間の高校に通い、卒業したあと、製薬会社に就職し、いまは名古屋で、三人の娘の父となって暮らしています。

私は、日頃はすっかり忘れているのに、どうかしたひょうしに、亀井荘の階段に坐っていた自分の心を思い起こします。すると、胸に石がつまったようになり、掌《てのひら》に冷たい汗が滲んでくるのです。もし、あのとき、盗みがばれていたらと思うと、その恐ろしさに茫然となり、私が耳にしたすべての物音は、ひとつの言葉になって、私を階段の真ん中の段に引き戻すのです。なぜお前は護《まも》られたのか、なぜお前は護られたのか。いかなる理由があれ、自分の母を殴ったお前みたいなやつが、どうして護られたのか。その言葉は、私をうなだれさせ、そして、やがてすっくと立ちあがらせます。

力道山の弟

私の手元に〈力道粉末〉とゴム印を捺《お》された小さな紙袋がある。薄いハトロン紙で作った縦十センチ、横五センチのその袋には、〈力道粉末〉という名の薬が入っていたのだが、中身はとうに捨てられ、茶色くにじんだ袋のへりはすりきれて、あちこちが破れかけている。

この袋は、父の遺品の中に混じっていた。父が日頃使っていた手文庫の底に埋もれていたのである。

手文庫には、父の眼鏡、入れ歯の替え、幾つかの三文判、セルロイドの三角定規、ゼンマイを巻けばちゃんと動く古い腕時計、ただの紙きれとなった何枚かの株券と約束手形、私や母の知らない人から届いた葉書、もう随分昔に倒産した会社の定款《ていかん》の写しが入っていた。

それぞれに父のどんな思い出が蔵されているのかは別としても、一見、それらはたいした品物ではない。しかし、それらの下に、とりわけ大事そうに、折った半紙に挟み込まれるようにして、〈力道粉末〉の空き袋はしまわれていたのだった。

私は、その薄っぺらな袋を目にしたとき、思わず、あれっ？ と声をあげた。私の心に、十一月の終わりの寒風の吹きまくる駅前広場がひろがった。その〈力道粉末〉なる怪しげな薬を買って帰ってひどい目に遭ったのは、小学校五年生だった他ならぬ私自身で、昭和三十三年のことである。

私が父の手文庫の中から、その袋をみつけたのは、父が死んで七、八日たったころで、何か金目《かねめ》のものはなかろうかと、あさましい魂胆で物色したときだったので、もう二十年も昔のことになる。つまり、〈力道粉末〉の空き袋は、私の手からいつのまにか父へと渡って十年、そして再び私の手元に戻って、約二十年たっている。私は、その袋を、一冊の詩集に挟み込んだまま、二十年間、本棚の隅に保存してきた。しかし、いま、ひとりの人間の幸福な門出を目前に控え、私は、どうでもいいような過去を抹殺するために、この薄っぺらい一枚の袋に火をつけ、灰皿の中で焼いてしまうことにする。あの日の、父のあらぶる心と悲哀にそっと手をそえて、

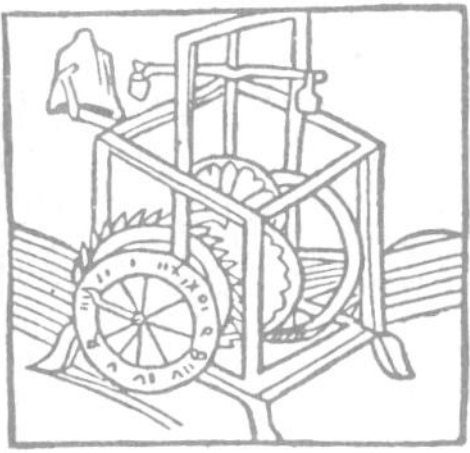

文春文庫

Bunshun Bunko

文藝春秋

「お父ちゃん、悦ちゃんがあした結婚するんや。相手は、神戸で寿司屋をやってる男やけど、結婚する前から、もう悦ちゃんの尻に敷かれとるわ」

と言いながら。

それにしても、どうして父は、この一枚の袋を捨てずに、大切に取っておいたりしたのだろう……。

父の友人であった高万寿《こうまんじゅ》の妻が、尼崎《あまがさき》の玉江橋の近くに麻雀屋《マージャンや》を開店したのは、昭和三十年だった。開店にこぎつけるにあたっては、父の裁量や資金作りのための奔走があったらしい。

高万寿は、中国の福建省出身の商人で、日中戦争が始まる直前まで、神戸に事務所を持っていた。戦前、対中国貿易で財を成した父とは親友で、日本人女性と結婚したのだが、日中戦争勃発《ぼっぱつ》の数日前、妻を残して中国へ帰り、それきり消息は絶えたのである。

高万寿の妻は、市田《いちだ》喜代といい、いつも化粧気のない小作りの顔の中にそばかすが散った、無口な人だった。両親に幼いときに死別し、いろんなところでいろんな苦労をして大きくなったそうである。この言い方は、まったくそのまま、父の説明を再現している。

私は、幼少のころから、彼女を喜代ちゃんと呼び、いろんなところでいろんな苦労をして大きくなった人なのだという目で、喜代ちゃんを見つめたものであった。そして、どんな場所でどんな苦労をしたのかを、子供心にいろいろと空想したことがあった。

喜代ちゃんは、神戸の料亭で仲居として働いていたとき、高万寿と知り合い、父があいだをとりもって、当時二十六歳だった中国人と結婚したが、時局が時局だけに、籍は移さず、内縁の妻として二年間、結婚生活をおくった。高万寿と喜代ちゃんとのあいだに子供はなかった。

阪神電車の尼崎駅は高架工事が始まり、基礎工事のための杭《くい》打ち機が、駅前の広場に強い震動を伝えていた。三、四日降りつづいた雨のために、広場はぬかるみ、正月に近い冬の風が、広場の周りに植えてあるポプラの裸木をしならせた。いつまた雨が落ちてくるのかわからないような灰色の空の下を、仕事にあぶれた日雇い労務者とか、リヤカーを引いた朝鮮人の老婆とか、学校帰りの中学生たちが、広場を行き来していた。

角帽をかぶった青年が、重そうな外套《がいとう》を脱ぎ、木を組んでそこに黒板を取りつけ、大声で、みなさん、こんにちは、と言って頭を下げ、みなさん、どうかお集まり下さいと、もう一度、深々と礼をした。

「私は、京都大学工学部の学生であります」

青年はそう言って学生服のポケットから学生証明書を出し、取り囲んでいる人々に見せた。見せたといっても、一瞬のことで、誰も証明書の字なんか読み取る暇もないうちに、それは青年のポケットにしまわれてしまった。

彼は黒板にチョークで掛け算の問題を書き、これを五秒で解《と》ける人はいるかと訊《き》いた。三桁《みけた》の数字が三段並んでいる掛け算である。

「この程度の掛け算を五秒で解けないようでは、日本の経済復興に取り残されるのは必定《ひつじょう》でありましょう」

と青年は言い、ふいに私を指さすと、

「きみ、きみは何年生だ？」

と訊いた。とにかくどういうわけか、私は、いろんな大道芸人の目にとまりやすいらしく、毒蛇に嚙ませた傷口に塗る薬をおでこに塗られたり、カミソリの刃に、輪にした紙を載せ、さらにそこに青竹を載せて、紙を切らないまま木刀で青竹だけを割る秘術の実験者に指名される。またそれが楽しくて、私は、学校がひけると、駅前の広場に走っていくのである。

私は、

「五年生」

と答えた。

「きみは、いま何桁の掛け算を習っているの？」

私は三桁と答えた。

「ならば、きみには、この高度数学解読法をもはや手中にする資格があるのだよ」

と青年は大声で言い、私にチョークを手渡し、解いてみろと促《うなが》した。私は算数が苦手だったのと、次第に数の増えた人々の視線が恥ずかしくて、

「五秒でなんか解かれへんわ」

と言った。青年は笑い、私の頭を撫《な》で、

「恥ずかしがることはないんだ。解けないのはきみだけではない。ここに集まった紳士も奥方も、スリもチカンも、この問題を五秒でたちどころに解ける者などいないのだ。いたら、お目にかかりたい」

そう言って、人々を笑わせ、私に芝居がかった身振りで耳打ちしたが、実際には何の言葉も発しなかった。そのあと青年は三桁の数字の下一桁を縦に足していくように大声で指示した。すると問題は解けてしまった。

「掛け算も割り算も、さらには、連立方程式も、いや微分も積分も、いやいやアインシュタイン先生の発見した相対性理論も、結局は、じつに単純な足し算と引き算の連関操作にすぎないのであります」

青年は、幾つかの難しい問題を黒板に書き、五秒か六秒かで解きつづけ、一冊の本を出した。

「さあ、お父さん、お母さん。この本を読めば、頭の悪い子供にもう家庭教師など必要はない。赤にかぶれた月給泥棒の教師の顔は青くなる」

一冊百円の本は、二十冊近く売れ、青年は商売道具をしまい、角帽を大事そうに鞄《かばん》に入れてから、煙草を吸いながら、どこかへ去って行った。

黒いシャツの上に大きな茶色い格子縞の背広を着た男がやってきて、突然、寒風の中で服を脱ぎ始めたので、散りかけた人々はまた集まった。パーマをかけた短い頭髪を後ろになでつけた色の浅黒い男は、黒いタイツ一枚になり、隆起した筋肉を誇示して、腕を廻したあと、鞄から煉瓦《れんが》や五寸釘や出刃包丁を出し、行き過ぎようとしている人間を呼び停めた。

「きみは、急用でもあるのか」

呼び停められた人は、ぽかんと男を見つめる。そのたびに、男は手招きし、

「ひとりの男が、衆人の前で身をさらし、恥をしのんで今日一日の糧《かて》を得ようとしているのを、きみは黙殺して、自分だけの人生に生きようとしている。きみはそれでも血の通った人間か。私は乞食ではない。乞食以下なのだ。日本の英雄である兄の名に汚名をきせ、五尺七寸二分のこの身でもって、自分だけではなく、日本国民が誰ひとり知らぬ者のない兄の生き恥をもさらしている。来なさい。こっちへ来て、しばし、ひとりの人間の、哀《かな》しい生き恥とつきあってみたまえ」

と言うのだった。男は、力道山に生き写しだった。私は、テレビで観た力道山の顔を頭に描きつつ、男を見つめた。男は、自分を取り囲んだ人々の数を確かめてから、煉瓦を空手チョップで割った。そして、ふんと鼻を鳴らし、割れた煉瓦をいまいましそうに足で蹴った。

力道山そっくりやんけ、とか、力道山がなんでこんなとこにおるねん、とかの声が、あちこちで起こった。

「いかにも、私は力道山の弟です」

男は、幾分顔を伏せ、そう言ったあと、

「私はプロレスの厳しい練習に耐えられず、兄のもとから逃げだして、こうやって大道芸に身をやつした」

とつぶやいて泣いた。ざわめきが、広場に集まった人々の口から洩れた。私は、体が熱くなった。力道山の弟が、いまここにいるということに興奮したのだった。

高名な兄の名を軽はずみに口にすべきではないが、兄に、もう俺とお前とは、兄でもなければ弟でもないと縁を切られ、各地を流浪すること二年、ついに生きる術《すべ》を失ってこの所業に至った。男はそう説明した。

「兄には、無敵の空手チョップ。私には、兄にもまさる肉体。しかし、肉体だけでは、シャープ兄弟には勝てない。鉄人ルー・テーズの敵ではない」

男は五寸釘を持ち、それを両方の指で曲げて折った。すると、私の近くにいた痩《や》せた老人が、

「アホクサ！」

と怒鳴ったので、群衆は口を閉ざして、その老人を見つめた。

「力道山の弟？　アホぬかせ。力道山に弟がいてるなんて、わしは聞いたことがないわ。お前、警察に訴えるぞォ」

しかし、力道山の弟は少しも動じず、

「私が、力道山の弟ではないという確たる証拠をお持ちか」

と老人に訊いた。

「わしは、難波球場の近くでホルモン焼き屋をやってるんや。力道山がときどきわしの店に来てくれる。お弟子さんをぎょうさん連れてなァ。わしは、力道山とは親しいんや。わしは力道山とは、あの人がプロレスラーになって以来の友だちや。わしは、いっぺんも、あんたを見たこともないし、力道山の口から、絶縁した弟の話題も出たことはあらへんのや」

「難波球場の近くのホルモン焼き屋？　ああ、福助という店だな」

と力道山の弟は言った。老人は、口を尖《とが》らせ、ちらっと周りを見やってから、

「そうや、福助や」

と言った。群衆のあいだで、再びざわめきが起こった。風が強くなり、夕暮れに近づいて寒さも増したが、誰も立ち去る者はいなかった。

「私は、弟として、ずっと縁の下の仕事をしてきた。私と兄とが、あまりにも

似ているため、あえて私は、兄と行動をともにするのを避けたのです。あなたのことは兄から聞いています。難波球場の特設リングで試合をするときは、必ず花輪を届けて下さる福助のご主人は、丹波文造さんだ。あなたが丹波さんですか」

老人は茫然とした表情で、力道山の弟を見ていたが、やがて顔を歪《ゆが》め、目に涙を溜めた。

「そうや、わしの名前は丹波文造や。わしはいっつも花輪を贈ってるでェ」

「まさか尼崎の駅前で、丹波さんとお逢《あ》いするとは思いませんでした。どうか、兄には黙っていて下さい」

老人は、本当に泣いていた。その涙は、群衆の幾人かにも伝わって、目頭《めがしら》を指でぬぐう人たちを私は見た。老人は、足早に去り、その老人に深く頭を下げつづける力道山の弟の肩が、寒空の下で艶《つや》やかに光っていた。

力道山の弟は、気を取り直して、商売を始めた。額で石を割り、五寸釘を何本も折り、そして私に目をやると、

「坊や。青びょうたんのようだな」

と言った。私は、体を固くさせて、はいと答えた。実際、私は体が弱くて、

友だちから「青びょうたん」というあだ名を冠《かん》せられていたのだった。

「これを服《の》みたまえ」

力道山の弟は、鞄から小さな紙袋を出した。〈力道粉末〉とゴム印が捺されている。力道山の弟は、〈力道粉末〉こそ、じつは兄である力道山が、台湾の漢方医に特別に作らせた秘薬であると説明し、スプーンで袋の中の褐色の粉をすくって、私に口をあけろと命じた。

私は、多くの人間たちの中から選ばれたことが嬉《うれ》しくて、精一杯口をあけ、力道山の弟がスプーンで入れてくれた苦い粉薬を服んだ。

「六十分三本勝負で、いったいどれほどのエネルギーが必要か、みなさんにはおよそ見当もつかんでしょう。五千八百カロリーですぞ」

私は、舌に残った耐えられないほどの苦さを表情に出さないようにして、力道山の弟に視線を注いでいた。その浅黒い肉厚の額には、無数の傷跡が刻まれ、胸の筋肉も、やや太鼓腹の胴体も、何もかもがテレビで観る本物の力道山とそっくりであるのに驚嘆した。

高架工事の杭打ち機の音がやみ、勤め帰りの人々で、群衆はさらに数を増した。私は、力道山の弟から五寸釘を渡され、それを指で曲げてみろと言われた。

「いかに〈力道粉末〉に秘力があっても、物には道理というものもあるのだ。この青びょうたんの少年に、五寸釘を折れるかどうかは保証の限りではない。しかし、みなさん、五寸釘に何の変化も起こらなかったら、私に石でも何でも投げつけるがよろしい」

力道山の弟は、私に、思い切り、指で五寸釘を曲げてみろと言った。私はそうした。五寸釘は難なく真ん中からくの字に曲がった。

長患いの亭主に悩むご婦人はいないか。この〈力道粉末〉を服ませれば、三時間後には久しくごぶさたしていた夫婦の娯《たの》しみが訪れるだろう。力道山の弟がそう言うと、人々は大きな声で笑った。彼は、さらに、〈力道粉末〉の効能を述べつづけたが、私は群衆をかきわけて、広場を西へと走り、商店街を抜け、路地から路地を曲がり、長屋の板塀をくぐって、私たち一家の住む平屋の借家へ帰った。

私は、力道山の弟が袋を鞄から出した際、〈一袋五日分・二百円〉と書かれた紙を目にしていた。私は、夕飯のしたくをしている母のエプロンをつかみ、二百円ほしいとねだった。

「何を買うんや。二百円もするもんを、ただほしいほしいだけでは買《こ》うてやられへんで」

早く引き返さないと、力道山の弟は商売を終えてどこかに姿を消してしまうだろう。そう思って焦《あせ》っている私は、

「力道山の弟が、薬を売ってるんや」

という言葉以外出てこなかった。二百円あれば、商店街の洋食屋で、目玉焼きの載ったハンバーグが二人前食べられる。母はそう言って、とりあってくれなかった。どんなにねだっても、母はお金をくれず、千切《せんぎ》り大根の煮具合を見たり、味噌汁の中に入れる豆腐を切ったりした。

「駅前で商売をしてる人間が売ってるような薬なんか服んだら、お腹をこわして、えらいことになるわ」

と母は言った。

「どんな病気でも直るんやで。お母ちゃんの病気も直るわ」

「お母ちゃんは病気やあらへん。丈夫やないけど、病気とは違う」

「こないだ、眩暈《めまい》がする言うて寝てたやないか」

「あれは、コウネンキショウガイ。お父ちゃんが心配ばっかりさせるから、普通の人より早ようにかかったんや。あれは病気やあらへん」

私は母の背中を突いたり、尻を殴ったり、最後は台所に正座して頭を下げて頼んだが駄目だった。ふてくされて表に出、絶対に不良になってやると私は思った。そうやって、長屋の住人が通り過ぎるのを、壁に凭《もた》れて見ていた。

冬の日が暮れてしまってからも、私は家に入らず、路地から路地へと音を立てて吹きすぎる寒風を避け、借家の南側の壁に凭れつづけた。母が私を呼んだ。私が動かないでいると、母は路地に出て来て、

「隠れてるつもりでも、窓に頭が映ってるで」

と言って笑い、父を呼んでくるようにと言った。

「喜代ちゃんとこで、麻雀をやってはる。きのう、やっと手形が落ちて、一段落やからな」

「ほんまに、あの人、力道山の弟やねん」

母は私の背を押し、

「お父ちゃんを連れて戻っといで」

と言った。私は、阪神国道に出、玉江橋へと歩いた。きのうが手形の期日で、それを落とすために金策に走り廻った父は、珍しく酒気を帯びず、遅くに帰って来て、精根尽き果てたように眠った。そして、きょうは昼近くに起き、ずっ

と喜代ちゃんの店で麻雀をやっていた。私は、十日後に、父がもう一枚の手形を落とさなければならないこと、それが落ちなければ父の会社はまた倒産することを知っていた。

私は、トラックが通るたびに揺れる喜代ちゃんの店の扉を押して中に入った。煙草のけむりで店内は白くかすみ、壁に張ってある点数表の数字が読めなかった。麻雀台は五卓あったが、どの卓も客で埋まり、順番を待つ客が、壁ぎわの長椅子に坐っている。

私は父を捜した。父は一番奥の席にいた。私に気づいた喜代ちゃんが、よく通る細い声で、

「きょうは、お父ちゃんはなかなか帰られへんわ。えらいついてはるから」

と私に笑顔で言った。私は父のうしろに行き、丸椅子に坐ると、父のつき具合を調べた。ブー麻雀だったから、一局終わるたびに、店が発行する券で支払い、それを帰るとき帳場で金に換えるのだった。券は、煙草のいこいの柄で出来ていて、煙草の値段と券の値段は同じだった。

点棒を入れる小さな引き出しの下に、いこいの券はぶあつく積まれていた。私は、券の枚数をかぞえた。四十枚近くまでかぞえたとき、

「社長、この五筒《ウーピン》の切り方は、どうも匂うな」

と対面《トイメン》の男が言った。私は男を見て、あっと声をあげた。その声で父が振り返り、同時に男も私を見た。

「力道山の弟や」

と私は叫んだ。客たちはみんな笑い、力道山の弟も、

「おっ、お前、さっきの青びょうたんじゃねェか」

と言った。

「お父ちゃん、この人、力道山の弟やで」

私が父の上着を引っ張りながら言うと、父は、

「わしには、力道山の隠し子やて言いよったぞ。そのうち、ほんまの力道山になりすましよるかもわからんな」

と言って笑った。力道山の弟は、父の表情をうかがい、八筒《パーピン》を捨てた。

「出た、出た。それや。どうせ捨てるんなら、もっと早ように捨てたらええんや。お互い、らくになるのに」

父がそう言うと、力道山の弟は麻雀台を叩き、

「ちぇっ、これしか切れる牌《パイ》がないんだよな」

とそれほど口惜しがってもいない顔つきで言った。一局終わったらしく、力道山の弟は何枚かのいこいの券を父に渡し、席から立ちあがると、長椅子に坐って順番を待っている男のひとりと交代した。私は、交代した男をいつまでもぽかんと見つめつづけた。それは、力道山の弟をにせ者よばわりした老人であった。

「きょうの稼ぎ、そっくりこの社長に持ってかれそうだよ」

力道山の弟は、難波球場の横でホルモン焼き屋を営《いとな》んでいるはずの、丹波という老人の肩を叩いてから、喜代ちゃんにビールを注文し、トイレに入った。私は、牌をかきまぜている父の目を盗んで、いこいの券を四枚、そっとポケットにしまった。そして、便所に行った。力道山の弟は、服を脱ぎ、上半身をタオルでぬぐっていた。私を見て、

「お前の親父さんかい？」

と訊いた。私がそうだと答えると、それならばこの店の女主人は、お前のお袋さんなのかと質問した。

「違う。喜代ちゃんは、ぼくのお父ちゃんの友だちの奥さんや」

「奥さん……？　亭主は何やってんだ？」

「中国に帰ったきり、手紙もけえへんし、電話もかかってけえへんねん」

「中国から電話がかかってくる筈《はず》がねえだろう」

男は笑い、私の頭を大きな掌《てのひら》で撫でた。私は、父から盗んだ二百円分のいこいの券を出し、〈力道粉末〉を売ってくれと頼んだ。

「お前、これ、ちゃんと親父に貰ったのか？　泥棒はいかん。スポーツマンシップに反する」

そう言ったくせに、上着の内ポケットから〈力道粉末〉を出し、四枚のいこいの券をひったくった。

「暑いのん？」

と私は訊いた。力道山の弟が、何度もタオルを水道の水にひたし、それで体を拭きつづけていたからである。

「ワセリンを取ってるんだ。いつまでも塗ったままにしとくと、体がかぶれるんだよ。俺の肌は繊細でね」

体を拭き終え、服を着ると、力道山の弟は鼻唄をうたいながら、便所から出て行った。私は、袋から薬の粉を掌に移し、それを口の中に放り込んだ。広場で飲んだものよりも数倍苦くて、私は吐き出しそうになったが、水と一緒に服み下した。

便所から出て、しばらく父のうしろに坐っていたが、二百円分の券を盗んだことがばれないうちに家に帰ろうと考えた。

「しかし、おんなじ場所で二度と商売は出来んやろ」

と父がビールを飲んでいる力道山の弟に話しかけた。

「それどころか、物を売ったらずらからんといかんのや。そやのに、こいつときたら、雀荘《ジャンそう》をみつけたら、中に入らんとおられん性分や」

老人がいまいましそうに言った。

「何言いやがる、クソジジイ。てめえだって、牌の音が聞こえたら、自然にそっちへ足が向くんだろうが」

力道山の弟は、立ったままビールを飲み、老人に言った。

猛烈な下痢が始まったのは、夜の十時を過ぎて、蒲団にもぐり込んだころだった。私は便所に走り、蒲団に戻るたびにひどい腹痛で体を丸めて転げまわった。夜中の二時近く、食べた物を吐き始めたので、母が病院に行こうと促し、寝巻きを脱いで服に着換えかけたとき、父が帰って来た。

「盗みをはたらいた罰や」

父は言って、私の頭を平手で殴った。ズボンのポケットから、麻雀で勝った金を出し、その半分を母に渡すと、

「アホめ！」

と怒鳴って、枕や茶碗を壁に投げつけた。私は自分が叱《しか》られているのだとばかり思っていたが、やがて、そうではないことがわかってきた。父の異常な怒りの対象は、私ではなく喜代ちゃんだったのである。

その夜、私は十数回も便所に行き、一睡もできなかったので、父と母のひそひそ話をほとんど聞いたのだった。

「高さんとのあいだに子供でもいてたら、喜代ちゃんも、そんな魔がさしたようなことせえへんやろにねェ」

と母が言った。

「よりによって、あのどこの馬の骨やらわからん香具師《やし》と……。女はアホか。俺には、気が狂うたとしか思えん。力道山の弟やなんて言うて、わけのわからん粉を売ってる、薄汚い男と……。そんなに男のチンポが恋しかったら、なんで俺の勧めた男と所帯を持たなんだんや。高が日本に帰る筈がないやろ。中国は、共産主義の国になったんやぞ。そんな国で、高がどうやって生きていくん

や」

「力道山の弟……。そう言うて日本中を転々としてる香具師……。喜代ちゃんが、そんな男と……。私、どうにも信じられへんわ。言い寄ってくる男は山ほどおったんやで。いっぺんでも、ふらふらっとその気になったこともなかった喜代ちゃんが……」

母はどうにも信じかねるといった口ぶりで言った。

力道山の弟は、広場に姿をあらわした日から三日間、喜代ちゃんの店の二階で寝起きしたあと、鼻唄まじりで、胸を張って出て行ったという。

私の知っているかぎりにおいて、あの力道山の弟は、尼崎の駅前広場にも、喜代ちゃんの店にも、二度と姿をあらわさなかった。そして、喜代ちゃんは身ごもったのだった。それがわかったとき、父は喜代ちゃんの店の麻雀台を叩きつぶし、麻雀牌を喜代ちゃんの体に、つぶてのようにぶつけ、長椅子を持ちあげて、入口の扉や壁や帳場をこわした。

通りかかった人のしらせで警官が駆けつけ、父は連れて行かれた。私は、阪神国道を挟んだ向かい側の電柱に隠れて、父が暴れている姿と、無抵抗なまま泣いている喜代ちゃんを見ていた。市電とバスがひっきりなしに通り、遠くには、ガスを貯蔵する巨大な円型のタンクが、冬の日に照らされているのを、私は寂しい風景として感じた。

夜ふけに警察から帰ってきた父は、うつらうつらしていた私を起こし、

「力道粉末の味はどうやった？」

と言って微笑《ほほえ》み、母に酒を持ってこさせた。私は、喜代ちゃんの店で、いこいの券を盗んだことを涙ながらに謝り、喜代ちゃんは力道山の弟と結婚するのかと訊いた。

「力道山の弟か……。そんな人間はおらん。お前は、そんな人間を見たことはない。わかったな？　お前は、そんな人間を、尼崎の駅前でも見いひんかったし、喜代ちゃんの店でも見いひんかった」

父は私に嚙《か》んで含めるように言い聞かせ、

「喜代は、高の恋女房やったんやぞ。あの、純で一途な、前途洋々たる中国人が、命懸《いのちが》けで好きになった女や。高は、祖国を捨てても、喜代と結婚する気やった。そやけど、あの戦争は、祖国を捨てる選択すらできん戦争やったんや。高と一緒に暮らしだしたころの喜代は、いま咲いたばっかりの花みたいやった」

母の持ってきた一升壜《びん》を膝に載せ、自分で茶碗に酒をつぎ、

「喜代は、子供を堕《お》ろす気はないそうや。あの氏素姓のわからん、ゆきずりの男の子供を、なんと本気で産むつもりや」

と父は言い、ふいに、獣みたいな吠《ほ》え声をあげると、畳を何度も力まかせに拳《こぶし》で叩き、それをやめさせようとむしゃぶりついた母を殴った。

父の会社は、その翌年の二月に倒産した。私たちは尼崎を引き払い、父の古い友人を頼って岡山に逃げ、そこで五年間をすごした。

きっと母が、父に内緒でしらせたのであろう。私たちが岡山に居を定めて一年が過ぎたころ、喜代ちゃんから手紙が届いた。それは父の目に触れないまま、母の簞笥《たんす》の奥深くにしまわれた。生まれた子供は女の子で、悦子と名づけた。尼崎の、元の場所で麻雀屋を営んでいる……。そんな文面だった。

私たちが大阪に舞い戻ってすぐに、喜代ちゃんは幼い娘の手を引いて訪ねてきた。けれども、父は二人に逢おうとはしなかった。仕方なく、母は近所の喫茶店で喜代ちゃんと逢い、近況を訊いた。家に帰って来て、母は父に恐る恐る報告した。

「子供の父親は、あれっきり、姿を見せへんけど、自分にはそのほうがありが

たい……。喜代ちゃん、そない言うてたわ。店は、よう繁盛してるそうや」
その後、三年近く、母は父に内緒で、喜代ちゃんに金を工面《くめん》してもらってい
た。その金を受け取りに行くのは、いつも私の役目だった。そのたびに、私は
悦子を駅前の広場に連れて行って遊んでやった。
駅の周辺には、キャバレーやラブホテルが建ち、広場からは大道芸人の姿は
すっかり消えてしまっていた。
悦子はよく喋《しゃべ》り、細かいことによく気がつく子だった。私の学生服のボタン
が取れかけていると、私を広場に待たせたまま、家に針と糸を取りに帰り、広
場のベンチでつくろってくれたりした。悦子は、広場にいると、ガスの貯蔵タ
ンクが見えないので嬉しいと私に言った。どうして嬉しいのかと訊いても、悦
子はその理由を上手に言葉にはできなかった。
「ぼくも、あのでっかい丸いタンクが嫌いや」
「なんで？」
「あれを見てたら、寂しいなんねん」
悦子はしばらく考え込み、
「うちも寂しいなんねん」

と言った。

喜代ちゃんが子宮癌《がん》で死んだのは、悦子が九歳になったばかりのときだった。そこでやっと、母は父に怒鳴られるのを覚悟で、喜代ちゃんにしばしば金を用立ててもらっていたことを打ち明けたが、父は、予想に反して、「そうか」とひとことつぶやいただけだった。

孤児となった悦子を、子供のない夫婦の養女に世話したのは父である。明石の漁業組合に勤める父の古い友人夫婦で、地味だが実直で堅実な生活をしている中年の夫婦に貰われて、悦子は明石へ移ったが、そんな悦子を、父はときおり映画に連れて行ったり、何時間も環状線に乗って、大阪の街並みを見せたりした。けれども、そのことを、なぜか父は、私にも母にも内緒にしていた。

父は亡くなる三カ月ほど前、悦子と神戸の元町で食事をした。それもあとになって、悦子から聞いたのである。その際、自分には高万寿という中国人の友だちがいて、彼の事務所はこの近くにあったと話し始めたそうだ。頭のいい、誠実な、男前の、素晴らしい男だったと言い、

「悦子のお母さんとも仲良しやったんや」

とつけくわえた。そして、いたずらっぽい目で悦子を見ながら、ポケットから五寸釘を出し、それを指で曲げてみろと言った。もうじき十歳になる悦子は、首をかしげながら五寸釘を持った。それは少し力を込めただけでぐにゃりと曲がった。不思議がっている悦子に、

「これは鉄と違う。ハンダや。ハンダで作ったインチキな釘や」

とささやいて、悦子が気味悪く感じるほど、いつまでも楽しそうに笑ったそうである。

チョコレートを盗め

　この目に突き刺さるような極彩色のネオンと、セックスに誘うあからさまな若い客引きの群れ、そしてまだ高校生ではないのかと思える娘たちが客を待つ店の居並びは、とても日本の一角とは思えない。

たしかに、この阪神電車の尼崎《あまがさき》駅周辺は、自分が中学生のころも、やくざと娼婦とキャッチ・バーのごった煮みたいな場所だった。それでも、そこにはあきらかに日本の肌あいと呼べるものがのぞいていたものだ。しかし、もはやここは日本ではない。かと言って、米軍基地周辺の歓楽街の風情《ふぜい》でもない。なんだか国籍不明の、これまで地球上にはなかった奇妙な場所だ。日本人は、こうなることを文明だとでも思っているのだろうか……。

　新田武志は、かつては、夜ともなれば極端な暗闇で、繁華街との明度の差があまりにも大きすぎて、足を踏み入れることさえ怯えた高架の南側をちらっと見やりながら、そう思った。その高架の南側にも、ファミリー・レストランやカフェ・バーが並んでいた。

阪神国道のほうへと歩きながら、何度も振り返って、新田は、昔、あの暗闇の向こうに、小西のキヨちゃんや大場のマアちゃんの住む汚いアパートがあったのだと思った。そして、そこからさらに南に十分ほど行くと、身持ちの悪い母と暮らす花枝の家もあった。

あのころは、みんな中学一年生だったが、いまは四十三歳になってしまった。同窓会の音頭取りだった小西のキヨちゃんは、去年、ビルから飛び降りて死んだし、級友の中では最も裕福な家庭に育ち、小学校の教師と結婚した桃子は、三年前に癌《がん》で死んだ。

だが花枝は相変わらず、けなげに、着実に生きているらしい。

「まあどっちにしても、みんな、膿《うみ》が出てくる歳になったんやからな」

新田は胸の内で言い、交番の手前で立ち停まると、二カ月ほど前に送られてきた案内状をコートのポケットから出し、そこに描かれてある地図に見入った。開店をしらせる案内状で、差出人は〈近田花枝〉となっている。

十五年近く、年に一度の同窓会に出席していない新田は、級友の消息をほとんど知らなかったが、花枝から毎年几帳面に届く年賀状によって、小西のキヨちゃんや桃子の死を知ったのだった。その花枝から尼崎の駅前におでん屋を開店するので、近くに来たときはぜひ寄ってくれという案内状を送られ、〈近田花枝〉という名前を見て、怪訝《けげん》な思いに駆られた。近田は、花枝の旧姓ではなかったが、花枝が結婚したという話はどこからも伝わってきていなかったからだった。そして新田には、近田という姓に覚えがあった。それは、中学生のころの花枝が住んでいた家の大家で、当時すでに七十歳近かった一人暮らしの老人の姓だった。

新田がその姓をよく覚えているのは、近田老人は、借家を三軒持っていて、その一軒に新田の一家が住んでいたからである。

よもや、その老人と花枝とが結婚するなどとは考えられなかったし、どんなに記憶を掘り起こしても、近田老人に子供はなく、親戚づきあいもない天涯孤独な身の上であったはずなのだった。

花枝の開店したおでん屋は、最も賑《にぎ》やかなところから少し西へはずれた時計屋の隣にあった。雑居ビルではなく、平屋の一軒屋で、路地を挟んで五階建ての仏壇屋があった。

新田は、時計屋も仏壇屋も覚えていた。彼が中学生のときにも、そこに時計屋と仏壇屋は空地と路地を挟んで商売を営《いとな》んでいた。そのあたりで昔のままと言えば、時計屋と仏壇屋だけであったが、木造の二階建てだった薄暗い仏壇屋は、いまはどうやら墓苑まで経営する羽振りのいい会社に変わったらしい。

新田は、まだ手垢に汚れていない格子戸を開き、花枝の経営するおでん屋をのぞいた。カウンターだけの店で、広さの割には、客の坐れる数が少なくて、いまの時勢ではいささか勿体ないくらいの空間を持つ店だった。

カウンターの端に一人分の席が空いていたので、新田はコートを脱ぎ、マフラーも外して、それを壁に掛けると、着物の上に白い割烹着を羽織った花枝から顔を隠すようにして椅子に坐った。

いらっしゃいませ、と新田に言いながら、皿におでんを盛り、それを客の前に置いてから、花枝はおしぼりを盆にのせて、新田の前に来た。新田は煙草を捜しているみたいなふりをして顔を伏せ、案内状をカウンターに差し出した。それから笑いながら顔をあげ、花枝を見つめた。

「たけちゃんやんか」

カウンターの向こうで跳びはねるようにして、花枝は言った。

「十五年ぶりやなァ」

新田はそう言い、花枝と長いこと握手したまま、開店のお祝いを述べ、前もって用意しておいた祝儀袋を出した。

「北海道から、わざわざ来てくれたん？」

と花枝は訊《き》いた。新田は、おしぼりで手を拭き、

「大阪に帰って来たんや。転勤で、古巣に戻ったっちゅうわけやな」

「いつ？」

「辞令は十二月二十日付やけど、ちょうど年の瀬で仕事も忙しいし、引っ越しも大変やから、年が明けた十日に」

「なんや、そしたら帰って来てまだ三日目やんか。そんな忙しいときに、わざわざ来てくれて、ありがとう」

客が、熱燗とタコとコンニャクを注文し、花枝は、小走りで新田の前から離れた。カウンターに両肘をつき、少し身を乗りだすと、新田は客たちの顔ぶれをうかがった。ほとんどが勤め人風で、この界隈《かいわい》に多いやくざ者らしき人相は見あたらなかった。

「一年A組の男連中は、ちゃんと来てくれるか？」

戻って来た花枝に訊いた。花枝は四人の名をあげ、この者たちは相変わらず尼崎に住んでいて、開店の日に来てくれたと言い、

「そやけど、女連中のほうが、しょっちゅう来てくれるねん」

と笑った。こぎれいなおでん屋のおかみになりきっている花枝を見つめ、新田は、適当にみつくろって皿に盛ってくれと頼んだ。

「ビールよりも、熱燗にする。札幌と比べたら、尼崎はあたたかいけど、尼崎には尼崎だけの寒さがあるなァ。この寒さは独特や」

新田はそう言って、二年前、花枝の母が死んだとき、葬式にこられなかったことを詫びた。そんな気遣いは無用だと首を小さく横に振り、じっと新田を見やると、

「たけちゃん、絶対に四十三には見えへんよ。三十五、六ってとこやわ」

ほんのこころなしやぶにらみの目は昔のままで、それが花枝の地味な顔立ちに艶《つや》をもたらしていた。

「なんで花枝みたいな女を好きやねん」

と小西のキヨちゃんに言われて、

「あいつ、やさしいもん」

そう口を尖らせて答えた日のことを思い浮かべ、新田は、花枝の酌を受けた。そして、

「キヨちゃんに」

と花枝にだけ聞こえるように言って、盃の酒を飲んだ。

「なんで、三百万円程度の借金で、ビルから飛び降りたりしたんや。なんで、ひとこと相談してくれへんかったんや。お通夜のとき、マアちゃんがそう言うて泣いてたわ」

他の客たちの皿に目を配ったあと、花枝は声をひそめてそう言った。

「四十を過ぎると、自分にも、周りにも、いろんなことが起こってくるなァ」

新田は言って、案内状の差出人の氏名を人差し指でつつき、花枝に微笑みかけた。

「いつ結婚したんや？」

花枝も微笑み、

「結婚したんと違うねん。やっと去年、みんなに本名を明かす気になってん」

「本名？　近田が本名やったんか？　三好花枝っちゅうのは、本名とは違うかったんか？」

新田は、別段たいした問題ではないと思いつつも訊いた。

「もともとは三好やねんけど、高校を卒業した年に、近田に変わってん。養女に行ったたから。近田って、たけちゃん、覚えてるでしょう?」

「あの大家さんか?」

花枝は頷き、その話はまたあとでと言って、話しかけてきた他の客の相手をするために場所を移した。

しかし、開店してまだ二カ月だというのに、多くの常連客がついているらしく、客の切れ目がなかったので、新田は九時過ぎに帰路についた。割烹着を脱ぎ、表まで送って来た花枝は、どこに住んでいるのかと新田に訊いた。

「甲東園や。阪急電車に乗ったら、西宮北口で宝塚行きに乗り換える。阪神電車の尼崎に寄り道をしたら、そのまま鳴尾まで行って、鳴尾線で西宮北口へ行くから、ちょっと遠廻りをして帰るって感じやな」

「ほんのちょっとの遠廻りやんか。これからときどき寄り道をしてね」

花枝は、新田に手を振って言った。行きかけて、新田は立ち停まり、

「これまで一回も結婚せえへんかったんか?」

と訊いてみた。

「お母ちゃんの世話が大変やってん。もう絵に描いたようなボケ老人になってしもて……。六年もつづいたんよ。最後の三年間は、自分の娘の顔もわからへんようになって」

そう花枝は言って、ひっつめた髪に手をやり、鼈甲《べっこう》の櫛にさわった。新田は、袖口からのぞく花枝の腕の奥に一瞬視線を走らせ、そのことに気づかれないように、仏壇屋を見た。

「こんな大きな仏壇屋になるなんて、信じられへんなァ。俺が中学生のときは、墓場よりも寂しい陰気な仏壇屋やったんやで」

そう言ってきびすを返し、駅へと歩きだした。

「子供さん、幾つになりはったん？」

と花枝が訊いた。

「ことし、高校受験や」

「奥さんはお元気？」

「うん、息子の受験で、目が尖ってるけどな」

花枝の笑い声が消え、格子戸の閉まる音がしても、新田は振り返らず、様変わりしてしまった街の夜道を、コートの衿を立てて歩いた。新田は、中学二年の秋に、父の転勤で和歌山に引っ越したので、この尼崎の街に足を踏み入れたのは二十九年ぶりということになる。彼は、五歳のときから、この界隈を遊び場にして育ったのだった。

この路地には見覚えがある。ここには鉄屑屋の一家がいて、大きな赤犬を飼っていた。何という名だったかな。鉄屑屋が夜逃げしたあと、置いてけぼりにされ、野犬狩りの車に追い廻されたあげく、俺たちの目の前で、殺されたのだ。針金の丸い輪で首をしめられて。

ここを真っすぐ行けば、駅前から西へ延びる商店街の端に行き着くのは昔のままのようだ。そうそう、このあたりを縄張りにしていたやくざの事務所は、まだあるだろうか。あのやくざの息子は、クラスは違ったが同じ学校で、俺と同学年だった。おとなしくて勉強好きの、あまり目立たない中学生だったな。まさかあの子が、親の跡を継いでやくざの組長になったとは思えない。

新田は商店街の手前を東に折れ、ホルモン焼き屋の店内を窓ガラス越しにのぞいた。ここに、たしか銭湯があったはずなのだ。銭湯の四男坊は、同じクラスで、番台に坐って、女生徒の裸を見たと言っては、みんなに自慢していた。それで、小西のキヨちゃんが怒って、そいつを殴ったのだ。

同窓会名簿には、所在地不明の者が八人いて、物故者は三人となっている。相変わらず尼崎に住んでいるのは六人だけで、あとは日本中の各地に散らばったと言ってもいいくらいだ。外国で暮らしている者もいる。結婚し、亭主の仕事の関係で、ひとりはタイに、ひとりはニューヨークに駐在して暮らしているらしい。

新田は、かつては貧しい者たちが流れて来て仮の宿を作り、ある者はここで生きられなくてさらに流れて行き、ある者は野太く法を犯してあぶく銭をつかんだ煤煙と汚物の街が、まぎれもなく自分のふるさとであることを懐しんだ。彼は、駅前の広場を横切りながら、昔、ここには大道芸人たちがいて、そのうちの何人かが、花枝の家に泊まっていったなと思った。そんな翌日は、花枝はクラスの誰とも口をきかず、怖い目をして黒板を見つめていたものだ。花枝が、どんないきさつで近田老人の養女になったのかも、どんな道筋でおでん屋の経営者になったのかも、自分は決して知ろうとしてはいけない。新田はそう思い、プラットホームへの階段を昇った。

その日から四月の中頃まで、新田は、花枝の店に月に二回くらいの割合で立ち寄った。

花枝目当ての客は多く、店は繁盛していたので、花枝とゆっくり話をするためには、閉店間際まで待たなければならなかった。新田は、そうまでして花枝と昔話をすることもないと思い、どんなに遅いときでも十時には花枝の店から出たのだが、客たちと花枝との会話とか、花枝がちらっと新田にだけ洩らす言葉とかによって、自然にわかってくるものは少なくなかった。

店は、もともと花枝の母のために建てた、いわば〈座敷牢〉代わりの家だったこと。土地は近田老人の持ち物で、老人の死後、花枝が相続したこと。相続した土地は、一箇所ではなく、三軒の借家も花枝のものになり、それは売却してかなりの額にのぼったこと。花枝には、いまはどうやら男はいないが、二十代半ばに、結婚するつもりの男がいたこと。その男の子供を宿したのだが、どうやら流産したらしいこと……。

具体的な噂は、ときおり花枝の店ででくわす一年A組の、いまは結婚して受験生の母となった女連中の口から内緒話として新田に語られた。しかし、西宮市とか宝塚市などで暮らす彼女たちは、花枝の堅実な生き方やら真面目な人柄を賞《ほ》め、自分たちの不自由な境涯を声高《こわだか》にぐちった。

「うちなんか、亭主がいてるのに母子家庭みたいなもんよ」

「毎日毎日、おんなじことの繰り返し。私の人生を返してって叫びたいわ」

「花枝ちゃん、結婚なんかしたらあかんよ。子供はひとりぐらい産んどいたらええ。種馬代わりに、新田さんなんかどう？　中学生のとき、新田さんは花枝ちゃんを好きやったんやから」

花枝の店に月に一度やって来て、愚痴を言い合ったり、亭主の不甲斐なさや姑の理不尽さをぶちまけるかつての級友も、どんなに遅くとも九時半にはそそくさと自分の家庭に帰って行く。そんな彼女たちは、花枝が幼少のころからどれほど苦労したかを、どれほど自分を律して今日に至ったかを賞め讃えた。彼女たちは、花枝の母に関する話題にはいっさい触れなかった。花枝に同情こそすれ、行きずりの男を家に引っ張り込んで、三日も四日も男と絡みつづけた女の娘を侮辱するような言葉は、たとえ軽い冗談としても口の端にのぼせなかった。そんな母に育てられながら、よくまあ道を外さなかったものだ。それどころか、年老いて、座敷牢まがいの家に閉じ込めなければならなくなった母親を最期まで自分の手で世話したのは、並大抵のことではない。彼女たちは、そう思っているのである。

いまは主婦となり、月に一度、自分の店に来てくれて気炎をあげ、そうやって気分転換をしてそれぞれの家庭に戻っていく級友を、花枝は、いつも静かな微笑で見ている。そして、彼女たちが帰ったあと、きまって、

「働き者のご主人と子供さんがいてて、うらやましいわァ」

と新田に言うのだった。

五月の連休を前にしたある日、新田は取引先の重役を梅田の料亭で接待したあと、いつもよりもかなり遅く、花枝の店に行った。閉店の時間だったが、飲み直したくなり、タクシーの運転手に行き先を変更させたのである。

三人連れの常連がいるだけで、それも相当酔っぱらって、そろそろ腰をあげそうな気配だった。

「あれっ？ きょうは、えらい遅いのね」

と花枝も店仕舞いにとりかかりながら言った。

新田が椅子に腰かけ、

「もう二十年も事務機器を売ってきて、うんざりやな」

と言い、この店は、なんだかいやに落ち着く、きっと、空間が多いからだろうと背後の海老茶色の壁を見てつぶやいたとき、革ジャンパーを着た大柄な男

が入って来た。花枝は、その男に、もう閉店なのだがと言った。しかし、男は新田を見やり、

「ここのタコはうまいっちゅうから、京都からタクシーに乗って来たんやけど」

と言って、強引に椅子に坐ってしまった。

「タコは、もう全部出てしもたんです。わざわざ来ていただいたのにすみません」

花枝は笑顔で言い、三人連れを表まで送って戻って来た。男は、それならば残っている物をみつくろってくれと言い、帰る素振りを見せなかった。見かけは無骨だが、ならず者とも思えない。しかし、どことなくいわくがありそうだ。男が帰るまで、俺もいてやったほうがよさそうだな。新田はそう思い、花枝に、

「きょうは、女房が寝てしまうまで家に帰られへん」

と言った。自分はまだ当分腰をあげないぞと男に教えるつもりだった。

「へえ、なんで？　どんなもめごとを起こしたん？」

花枝がそう言い返した。すると、男は、カウンターの向こうに並んでいるウイスキーの壜《びん》を見やったまま、

「チョコレートを盗め」

と一語一語区切るようにして言った。新田も花枝も、思わず男に視線を注いだ。男は、同じ言葉をもう二回繰り返した。花枝の表情がきつくなり、おでんを皿に盛る手が停まった。

そんな花枝と目を合わせたまま、男はビールを注文し、煙草をくわえた。それから、右の瞼を痙攣させながら、新田に、

「ここのおかみと個人的な話があるんです」

と言った。

「帰ってくれってことですか？」

「閉店の時間らしいから、べつに無理難題でもないでしょう」

「しかし、あんたに帰れと言われる筋合いはないなァ」

新田がそう言い返すと、花枝は割烹着を脱ぎ、

「たけちゃん、悪いけど、きょうは帰って」

と新田に頼んだ。

「大丈夫か？」

「うん、古い知り合いやねん」

新田が立ちあがるのと同時に、花枝はカウンターの向こうから出て来て、暖《の》簾《れん》を外し、入口の明かりを消した。

「ごめんね」

花枝は新田の背に手を当てがい、新田が駅へと歩き始めるのを見届けてから店に入って行った。

「チョコレートを盗め……？」

歩を停め、新田は顔をしかめて、男の言葉を何回か口に出してみた。何かそれに似た言葉を誰かにささやかれたことがある。いつ、誰にだったのだろう。

新田は、花枝の店を振り返り、ずいぶん迷ったのち、足音を忍ばせて近づいて行った。花枝の店と仏壇屋のあいだの道に折れ、ちょうど店の裏手にあたる、人が二人ほど通れる路地にまわった。そこには、花枝の店の裏口があり、空《から》になった一升壜とゴミ捨て用の大きなポリバケツが置いてあった。花枝の店のためだけに設けられた路地らしく、五メートルほど先は行き停まりになっている。

新田は、そっと裏口の戸に凭《もた》れ、耳を澄ませた。

花枝のものらしい草履《ぞうり》の音と、入口の戸の鍵をしめる音が聞こえた。

「久しぶりやね。びっくりするやんか。あんな言葉で自分が誰かを教えんでも、ちゃんと名乗ったらええのに」

と花枝は言った。

「他に客がおったし、すぐには帰りそうになさそうやったからな。俺も、そんなに暇な身やないんや」

「私も、あんたのことをときどき思い出したりしてたんよ。急に尼崎からおれへんようになって……。いったい、どこで何をしてたん」

カウンターを強く拳《こぶし》で叩く音がして、

「尼崎におられへんようにしたのは誰やねん」

と男は声をあらだてた。

「俺はなァ、お前のことを心配こそすれ、恨んだりしたことは、これっぽっちもなかったんや。そやけど、十年ぶりに日本へ帰って来て、お前が近田のお爺ちゃんの養女になってたと知ったとき、俺には何もかもが読めた。俺は、そのことがしばらく信じられんで、魂が抜けたみたいになったよ。お前みたいな女狐を、このままにはしとかれへん。そう思て、二度と見とうないお前の面《つら》を見に来たんや」

「十年ぶりに日本に帰って来た？　いやァ、どこで暮らしてたん？」

男の脅しをはぐらかすようにそう訊いた花枝の声には、盗み聴きしている新田も薄気味悪さを感じるほど落ち着きがあり、そこはかとなく媚も含まれていた。

「シンガポールや」

と男は言った。

「シンガポール……。あの東南アジアの？」

「ああ、シンガポールの日本料理屋で板前をしてたんや」

「へえ、板前さんになったん？」

男は、くぐもった笑い声をあげ、

「チョコレートをいやというほどたべたい。あの工場には、チョコレートのかけらが山ほどあるんやなァ……。お前のその言葉に、とんでもない計略があったなんて、中学生の俺にわかるはずもないわなァ」

と言った。

「そんなこと、あんたの考え過ぎやわ。私かて、あのときは中学の二年生やったんよ。まさか、あんたがほんまにチョコレートを盗んでくるなんて思わへんかったんやもん」

「嘘をつくな。そしたら、なんで俺の盗みがばれて、おまわりが学校に来たりしたんや。俺は、ちゃんと箱に入ってたチョコレートを盗んだのとは違うんやでェ。工場の機械にこびりついて固まってたチョコレートを剝がして、紙に包んで持って帰っただけや。そやのに、なんでばれたんや。あの目の悪い朴《ぼく》のおっさんに、なんでそれがわかったんや」

朴のおっさん……？　チョコレート工場……？　新田は、三十年近い昔、自分に「チョコレートを盗め」とささやいた人間が誰であるのかを思い出した。

「それに、近田のお爺ちゃんが、親のない俺を養子にしたがってることを知ってたのは、お前だけやったんや。俺は、お前以外には誰にも喋《しゃべ》らへんかったんや。伯父や伯母にも内緒にしてたんやからな」

いったいこの男は誰だろう、と新田は考えた。三十年前、駅の高架の南側に住んでいたおない歳《どし》の少年の中で、チョコレートを盗んで警察ざたになった者は、新田の記憶にはいなかった。勿論、一年A組の生徒でもない。あるいは、自分とは異なる校区に住んでいたか、それとも自分が転校したあと、高架の南側の一角に引っ越してきたかのどちらかであろう。

「まあ、いまさら真相なんてどうでもええんや。俺は、ただ、俺と近田のお爺ちゃんとの仲を引き裂いて、代わりにまんまと近田の養女におさまった女狐の、身持ちの堅そうなふりをしてる面を見たかっただけや」

と男は言い、さらにどことなく元気のない声でつづけた。

「しかし、見事な罠《わな》やったなァ。中学生の小娘が、それをまんまとやってのけよった。俺に、チョコレートを盗めとささやいて、こっそり朴のおっさんに誰のしわざかを教え、近田のお爺ちゃんを失望させ、それに乗じて自分を売り込み、お爺ちゃんの財産をそっくりいただく。これは、お前ひとりが考えたことか？」

「あんた、本気でそう思い込んでるのん？」

花枝は笑った。

「あんたにがっかりして、それで、代わりに私を養女にした……。近田のお爺ちゃんは、親切な人やったけど、そんな間抜けやあらへんわ。アホらしい！」

「俺は、近田のお爺ちゃんの養子になられへんかったことを恨んでるんと違うんや。あの人の遺《のこ》した土地や家が自分の物になれへんかったことなんか、これっぽっちも惜しいなんて思えへん。さっきも言うたやろ？　俺にチョコレートを盗めとささやいたお前の魂胆に、俺は気がついたということを教えたかったんや。近田のお爺ちゃんに哀《かな》しい思いをさせたことを、俺はどんなに後悔したやろ。そやけど、警察にも、近田のお爺ちゃんにも、花枝にそそのかされて、チョコレートを盗んだということだけは、ひとことも喋らへんかったんやで」

二人の会話はそこで途切れ、花枝の足音だけが聞こえた。裏口に近づくたびに、新田は路地の奥に居場所を変えて身を隠した。

「用事はそれだけ？」

花枝の声は裏口の近くから聞こえた。男は答え返さなかった。また沈黙がつづき、やがて、男は言った。

「あんなお袋さんがいてるのに、近田のお爺ちゃんは、ようもまあ、お前を養女にしたもんやなァ。おい、どんな手を使うたんや？　近田のお爺ちゃんがどんなにお人好しでも、あんなお袋がついてる娘を自分の養女にするなんて、どうにも考えられへん。自分の土地も家も有り金も、あの淫乱女に巻きあげられるのは目に見えてるんやからなァ。おい、それだけは教えてくれよ。近田のお爺ちゃんは、なんでお前を養女にしたんや」

「なんでやろ。私にもわかれへんねん。あんたがおれへんようになってすぐに、お爺ちゃんのほうから切りだした話やから」

「そんなこと、誰が信じると思てんねん」

男は笑い、

「おい、どんな手を使うたんや」

と語気を強くさせた。けれども、花枝は、自分にもわからないのだと繰り返すばかりだった。

「あのとき、お前は俺に約束したよなァ。チョコレートを盗んできたら……」

と男は言った。しばらくの沈黙のあと、花枝の、

「そうやね、私、約束を果たしてないもんね。ええわよ、今晩、あのときの約束を果たすわ」

という低いくぐもった声が聞こえ、再び沈黙がつづいた。

やがて、花枝の足音はカウンターのほうへと移り、男の足音も混じって、格子戸があけられ、静かに閉める音と鍵をかける音が聞こえた。

新田は、花枝と男の足音が阪神国道へと遠ざかり、まったく聞こえなくなってから、路地を出た。国道とは反対側の、駅への道を歩き、ほとんどの店のシャッターがおりてしまった商店街を抜けて、駅の高架をくぐった。

そう、ここに朴正斗という小柄な朝鮮人が営むチョコレート工場があったの

だ。新田はレンタルビデオ屋の前に立って、そう思った。

工場と言うにはいささか小さすぎる三坪程度の木造の建物から、しょっちゅうチョコレートの匂いがたちこめていた。カカオの豆を砕く機械、それを微粒にするローラー、そしてカカオバターを溶かし、そこに挽いたカカオ豆と砂糖を入れて混ぜ合わせる攪拌機《かくはんき》。それらの音は、朝早くから夜更《よふ》けまでうなりつづけ、裏手につらなる長屋の床を震わせた。

朴正斗の作るチョコレートは、コーティングチョコレートと呼ばれる種類のもので、菓子屋がケーキの上に薄く塗ったり、メリー・クリスマスという字を書いたりするための粗悪品だったが、当時の自分たちにとっては、滅多に口にできない代物だったのだ。

片方の目が白濁して視力の弱い朴正斗は、大きな虫眼鏡を頼りに、工場の床に落ちたチョコレートのかけらを集め、それを缶に入れて、古ぼけた金庫にしまうのを、一日の最後の仕事にしていた。それは、あした、また溶かして、出荷用のブリキの缶におさめられる。

子供たちは、たまには朴正斗の機嫌がよくて、こぼれたチョコレートのかけらを分けてくれないものかと期待し、工場の前で遊びながら、カカオ豆の入っている麻袋を運ぶのを手伝ってみるのだが、朴正斗は、ただのひとかけらも分けてくれなかった。

　夏のうだるような日、チョコレートの匂いは、とりわけ強く近辺に満ち、子供たちの生唾を誘ったものだ。

「なあ、たけちゃん」

　と花枝の母が汗ばんだ首や胸のあたりにうちわで風を送りながら、新田を呼び停めた。

「花枝の機嫌が悪うてなァ。なんであないに機嫌が悪いんやろ」

　花枝の母に近づくと悪い病気がうつると近所のカミさん連中に言われていたので、新田は背伸びして、窓の向こうをのぞき込んだ。花枝の姿はなく、敷かれたままの蒲団に、見たこともない男が手枕をして寝そべっていた。

「なあ、たけちゃん。朴のおっさん、いま留守やで」

　花枝の母は、新田を手招きし、

「たけちゃんは、花枝のことを好きやねんて？　花枝も、たけちゃんを好きやて言うてたわ」

　と言って、何がそんなにおかしいのかと思うほど、いつまでも声を殺して笑った。

「あの子、チョコレートが好きやねん。なあ、たけちゃん、花枝の機嫌を直してやってえな。朴がおらへんあいだに、チョコレートを盗んどいで」

新田はあわてて大通りに走りかけた。その新田のシャツの衿をつかみ、花枝の母はささやいた。

「チョコレートを盗んどいで。チョコレートよりも甘いもんで、花枝はちゃあんとお返しをしてくれるよってに。なあ、たけちゃん、チョコレートよりも甘いもんが返ってくるんやで」

赤ん坊はいつ来るか

真冬の丑三《うしみ》つ時に、ぼくは妻に起こされ、飼っている犬を捜すために近所を歩き廻った。

少々遠くにいても、ぼくや妻の呼び声を聞きつければ、必ず走り戻って来るのだが、時刻が時刻だけに、大声を張りあげるわけにもいかなかった。

犬を捜しているうちに、田圃《たんぼ》の横を流れる浅い川の近くへ来た。妻はそこで初めて大声で犬の名を呼び、耳をそばだてた。犬の応答はなく、風が川べりの裸木にあたる音しか聞こえなかった。妻は、マフラーを首から口元にかけて巻きつけ、間抜けな犬だから、ひょっとしたらこの川に落ちたのではないかとぼくに言い、懐中電灯で川面を照らしてくれと頼んだ。

こんなに浅い川に落ちたとて、命に別状はあるまい。そう言い返しながら、ぼくは懐中電灯の光を川面に向けた。光は、凍りそうな川面に薄墨色の輪を作った。その光の輪を目にしたとたん、ぼくはふいに、自分がいま幸福に向かって進んでいるのか、不幸に向かっているのかわからなくなり、慌てて懐中電灯を消した。

なぜ消すのか。もっと、川のあちこちを照らしてくれと怪訝《けげん》そうにせっつく妻に、ぼくは持っていた懐中電灯を渡し、夜の川面を懐中電灯で照らすのは嫌いなのだと言った。そのとき、風以外の、確かに爪がアスファルトと触れ合う音がして、犬が戻ってきた。

家に帰り、ガスストーブで暖をとり、ぼくは二人の息子の寝顔を見に行くと、再びガスストーブの置いてある部屋に戻って、酒を茶碗で飲んだ。妻は犬を叱《しか》ったあと、あくびをして寝室に消え、犬はストーブの横で寝そべった。

ぼくは、いまのところ健康で、妻も息子たちも、これといった問題はない。収入も、ぼくの年齢では、平均よりも多いほうだろう。ただひとつ心配といえば、年老いた母の寿命だった。母は来年八十歳になる。足腰はここ一、二年でひどく弱り、耳も遠くなり、随分わがままになった。ぼくは母に対して、いつ突然の別れが訪れても不思議ではないという心づもりをしておかねばならないが、それは口で言うほど簡単にはいかない。

そんなことを思いながら、ぼくは二日酔いを覚悟して茶碗酒を飲みつづけた。どうして、夜の川面を照らす懐中電灯の光の輪が、ぼくの行く末に不安をもたらしたのかを考えた。不安というよりも、それはもう恐怖に近い予感のようなものだったからだ。

けれども、胃に沁《し》みるだけで、いっこうに酔いの廻ってこない冷や酒を飲むのをやめ、夢でうなされている犬の顔を揺すって目を醒まさせ、

「こら、どこへ行ってたんや。だいたいの見当はついてるぞォ。団地の横の、渡辺っちゅう家の白い雌犬のとこやろ。それで結局、思いを果たせずに帰って来たんや。あそこの犬は箱入り娘で、犬小屋の周りを頑丈なフェンスで囲ってあるからなァ」

と話しかけているうちに、不快な恐怖感は忽然と消え、光の輪は、なにかしら底深い温かさを持つ安心と幸福の気配みたいに思えてきた。ぼくは、あの光の輪のところへ帰って行きたくなり、足音を忍ばせて二階へあがると、母の部屋の戸を細くあけ、規則正しい寝息を確かめた。

ぼくは、夜遅く、風の強い橋の上から、懐中電灯で川面を照らしつづけた日のことを忘れられないでいる。あれは、何十年も前の、もうじき小学校四年生

になるころ、昭和三十三年だったと思う……。

その、竹で編んだざるは、もうかなり前に使い物にならなくなった廃品なのに、どこにも破れ穴がなかった。

ぼくは、土佐堀川の岸を行ったり来たりしながら、伏せたざるで隠されている赤ん坊の死体を、春の真昼の光が透かせ見せはしないものかとこわごわ覗《のぞ》き込んだ。

いっとう最初に赤ん坊の死体をみつけたコウちゃんが般若《はんにゃ》のおっさんにしらせ、般若のおっさんは、

「また来よったんかい。春やからなァ」

と舌打ちをしながら言って面倒臭げに腰をあげ、それでも敏捷《びんしょう》に岸辺に走ると、土佐堀川を流れて来た桃色の肉塊を長い物干し竿でたぐりよせた。

それから、自分の道具小屋に捨ててあったざるをかぶせ、その上に重し用の石を載せたのだった。

ぼくたちの仲間がわれさきにと中央市場の向かい側にある派出所にしらせに行ったが、派出所に警官はいなくて、ドアには鍵がかかっていた。

どこかを巡回しているのであろうから、しばらく警官の帰りを待っておれ……。般若のおっさんにそう命じられて、ぼくたちの仲間はまた派出所へ走り戻って行ったが、ぼくだけは途中で引き返し、小さなざるに納まりきれずに川岸の流れに沿ってゆらめいているへその緒《お》を見つめた。

石炭をつんだはしけが大阪湾のほうへ下って行き、端建蔵橋《はだてくらはし》の下でそれとすれちがってポンポン船が上って来た。そのポンポン船のトタンの屋根には、黒い猫が坐り、前方に目をやっている。

ぼくは、いつも昼の一時ごろに、安治川《あじかわ》から端建蔵橋の下をくぐって上流へと上って行くそのポンポン船を〈猫丸〉と呼んでいた。

黒い猫は、去年の秋、小沢さんの奥さんが、ぼくとコウちゃんに捨ててきてくれと頼んだ三匹の仔猫のうちの一匹だった。

どこからか小沢さんの家の裏口までさまよって来てやかましく鳴いている仔猫たちを、小沢さんの奥さんは布袋に入れ、袋の口を紐で固くしばって、ぼくに手渡した。

ぼくは、仔猫たちを、川向こうの倉庫の近くで寝起きしている浮浪者の猫ばあさんに貰ってもらうつもりで、端建蔵橋を南へ渡りかけた。猫ばあさんのりヤカーには、常時、二十四近くの猫が乗っている。食う物がなくなると猫を食うのだと近所のおとなたちは言っていたが、猫たちは猫ばあさんを慕って、決して離れようとはしなかった。だから、ぼくは、周りのおとなたちが嘘をついているのだと思っていた。

橋の真ん中あたりで、コウちゃんはぼくから布袋を奪うと、欄干の上に置いて、中の仔猫たちを出した。すると、そのうちの一匹が川に落ちたのだった。浮き沈みしてもがいている黒い仔猫の形相が恐ろしくて、ぼくとコウちゃんは、残りの二匹を欄干の上に残したまま、家へ逃げ帰ろうとした。そのとき、川を上って来たポンポン船が速度をゆるめ、若い船頭が大きな網で仔猫をすくいあげたのだった。船頭は、ずぶ濡れの仔猫を抱いたまま、

「おまえら、わざと川に捨てたんか」

とぼくたちに訊《き》いた。

「落ちたんや。勝手に落ちたんや」

コウちゃんが金切り声でそう答えた。

「この猫、おまえらの猫か?」

ぼくとコウちゃんは同時に首を横に振った。若い船頭はぼくたちをしばらく

睨《にら》みつけたあと、それきり何も言わず、川を上って行ってしまった。以来、ぼくはそのポンポン船を見るたびに、若い船頭の視線を避けて、橋のたもとや、建物の陰に身を隠した。

ぼくは、〈猫丸〉のエンジン音が聞こえなくなったころ、

「猫丸のアホンダラァ」

と叫んで、川めがけて石を投げた。

「猫丸て何や？」

と般若のおっさんがぼくに訊いた。

「いま行ったポンポン船や。いっつも、猫が屋根に坐ってるから、猫丸や」

般若のおっさんは、端建蔵橋の北側にある舟津橋のほうを背伸びして見つめ、

「遅いなァ」

とつぶやいたあと、春になるとどうして生まれたばかりの赤ん坊の死体が三体も四体もこの川を流れて来るのか知っているかとぼくに訊いた。ぼくは知らないと答え、母が編んだ毛糸のチョッキの毛玉を取った。

「おまえ、何年生や」

般若のおっさんは、物干し竿の先で、へその緒をつつきながら、ぼくに訊い

た。ぼくは、春休みが終わると四年生になると答えた。

「俺が小学校四年生のときは、もう世の中の裏の裏まで知っとったで」

と言い、夏にててない子を孕《はら》んだ女が、ちょうど今時分、赤ん坊を産むのだ、産んだあと、始末に困ってこの川に捨てるのだ、そう教えてくれた。そして、いつも楊子《ようじ》代わりに使っている二寸釘を口にくわえた。

「ててなし子を孕む」という意味が、ぼくにはよくわからなかったが、ぼくはさも理解しているかのようなふりをして、上流をうかがった。断続的な音が遠くの上流から聞こえ、同時にかすかな震動も、足元の、ゴミ屑の捨てられている川岸に伝わって来たからだった。

「護岸工事や」

と般若のおっさんは言った。夏には、このあたりも、鉄とコンクリートとで、川と岸とが遮断されるだろう。そのための突貫工事が始まり、作業員が足りなくて、四国や九州からの出稼ぎが、いま続々と大阪港に着いているらしい。般若のおっさんは、少し苛立《いらだ》ち始めた様子で、しきりに舟津橋のほうに目をやりながら、そう言った。

「これで、台風が来ても、高潮の心配はなくなるやろ。工事がもう一年早かったらなァ」

般若のおっさんの言い方には、どこか小馬鹿にしているようなところがあったので、ぼくは、彼の顔を見ないようにして、ざるからはみ出した赤ん坊のへその緒に視線を注いだ。

去年の台風は、父の商売を破産させたのだった。父は、消防局を相手に商売をしようとして、消火用ホースに使うぶあついテント地を大量に仕入れ、それを家の地下室にしまい込んでいた。夜中に盛り上がって来た川の水は、仕入れた品物をすべて使い物にならなくした。

台風が紀伊半島に上陸したころ、般若のおっさんは、急いで大量のテント地を別の場所に移すよう父に忠告したが、父はそうしなかった。そのテント地を、大阪港からぼくの家まで船で運んだのは、〈とびしま丸〉の持ち主である般若のおっさんだったのだ。

ぼくは、父が般若のおっさんの忠告を無視した理由が、ただ単に台風を甘く見ただけではないことを知っていた。台風のどさくさに、般若のおっさんがずるい商売をしようとして、重いテント地を運ぶ数人の人夫代に、法外な金額を要求したからだ。

「おまえ、ここでちょっと見張っとけ」

般若のおっさんは、ぼくに命令口調で言うと、業《ごう》を煮やしたかのように派出所へと歩いて行った。ぼくは、般若のおっさんが舟津橋を渡り切るのを見計って、伏せたざるに近寄った。赤ん坊の死体を見てみたかった。けれども、ぼくは怖くて、足元のざるを見つめるばかりで、ざるに手を伸ばすことはできなかった。

見張りなんかやめて、家に帰ろうと、岸から道へと駆けあがったとき、自転車に乗った警官と、そのうしろを走って来るコウちゃんたちが見えた。警官は、ぼくたちに、川岸へ降りてはいけないと命じ、息を切らして戻って来た般若のおっさんに、

「生まれたての仏さんか？」

と訊いた。般若のおっさんは、川岸を顎で示し、

「へその緒がついてまんがな」

と答えた。

「しかし、おかしいなァ。一キロほど先では、二百人もの人間が、夜も昼もない突貫工事をやっとるんや。ここまで流れて来るまでに、誰かの目にとまるや

ろ。工事現場は、一晩中、サーチライトをつけてるから、昼間より明るいくらいや」

そのあとの警官の言葉は、ぼくたちには聞こえなかった。警官は、ざるを取り、赤ん坊の死体を調べると、再び派出所へ帰り、すぐに戻って来た。やがて、警察の車がサイレンを鳴らさずにやって来、赤ん坊の死体を白い布で包み、どこかへ運んで行った。

ぼくは、般若のおっさんが警官に何かを問い詰められ、次第に困惑の表情になっていくのを見ていた。ついに赤ん坊の死体を目にできなかったコウちゃん以外の連中が、

「俺は見たぞ。男やったでェ。チンポがついてた」

「アホ、女や。チンポなんかなかったわい」

「ほんまは俺が最初にみつけたんや。大きなカエルやと思たら、人間やったんや」

などと興奮してがなりあいながら、川畔のそれぞれの住まいに帰って行ったので、ぼくも端建蔵橋のたもとにある自分の家へ走った。コウちゃんだけは、電柱に凭《もた》れ、所在なげに立っていた。コウちゃんは発見者だったので、警官の

質問に答えなければならなかったのだ。

母は、ぼくを見るなり、今日は終業式で授業はないだろうに、どこを寄り道していたのかと叱《しか》り、通知簿を見せるようにと手を差し出した。

「赤ん坊の死体が流れてたんや。へその緒がついてたで」

ぼくは、まるで死体までも見たかのように言い、般若のおっさんが警官に調べられている、何か悪いことをやったみたいだと母に言った。

母は川べりの出窓から上半身を突き出し、首をねじって、警官と般若のおっさんを見ていたが、洗濯物の乾き具合を手で確かめ、乾いているものだけを取り入れながら、

「赤ん坊の死体が流れて来たなんてこと、小沢さんの奥さんの耳に入れたらあかんで」

と言った。小沢さんの家とぼくの家とは、薄い漆喰《しっくい》壁一枚で接していたので、母は声を落とし、

「去年も赤ん坊の死体が流れて来たあと、小沢さんの奥さんの具合が悪なって、普通に戻るまで長いことかかりはったから……」

と言った。それから、ぼくの通知簿を開き、

「三と二ばっかりやな。勉強のでけへん子は、体育とか工作が得意なもんやけど、あんたは、どれもあかんな」

そうつぶやいて、ぼくを睨《にら》んだ。

「コウちゃんなんか、二ばっかりやで」

「アホ、似たり寄ったりの者《もん》と比べんとき。そういうのを、目くそ鼻くそを笑うと言うんや」

母は、ふと顔をあげ、般若のおっさんがどんな悪いことをしたのか、赤ん坊の死体と何か関係があるのか、とぼくに訊いた。ぼくは知らないと答え、畳に寝そべった。一キロほど上流で行われている護岸工事の杭打ち機の響きは、外にいるときよりも強く伝わってきた。

「頭が変になるくらい、子供が欲しいて欲しいてたまらん夫婦もいてるというのになァ……」

母は漆喰壁を見やって言った。中央市場の中の海産物問屋に勤める小沢さん夫婦には子供がなかった。奥さんは、何年か前、医者に、子供がとてもできにくい体だと診断されたが、それでもあきらめきれなくて、専門の病院を転々とした。どこでも同じ診断だった。おととし、ひょっとしたら子供ができたのかもしれないと思ったが、自分で確信を持てるまで病院に行かなかった。それで何度もぼくの母に相談に来、そのうち母も、十中八九、妊娠したのであろうと思ったそうだ。

ところが病院で診てもらうと、そうではなかった。小沢さんの奥さんの様子がおかしくなったのは、そのころで、昼間、雨戸を閉め、暗い部屋に閉じ籠もっているかと思えば、突然、裸足で買い物に出かけ、途中で自分が誰なのかわからなくなり、近所の人に手を引いて連れ帰られるといった状態がつづいた。半年の入院で帰宅したときは、顔色も良くなり、自分はもうすっかり子供のことはあきらめたと、明るい顔つきで母に言ったものだった。以前は、動物を飼うのが好きで、家の中には十姉妹《じゅうしまつ》がしょっちゅう卵をかえしていたし、捨て犬をひろって来ては育てていたのに、退院後はすっかり動物嫌いになり、十姉妹も犬も誰かに貰ってもらった。

ぼくの父は、そんな小沢さんの奥さんの変わりようを見て、あの人はまだ本当には直っていないから、気をつけてあげたほうがいいと言った。

去年の今時分、川を流れて来た赤ん坊の死体は、ちょうど小沢さんの住まいの真下にあたる端建蔵橋の、一番北の橋げたに生じた漂流物が溜まる場所から動かなかった。

出勤するご主人を送り出した早朝、小沢さんの奥さんは、川に面した窓をあけたとたん、それを目にしたのだった。たまたま、窓から顔を突き出して歯を磨いていた父が、川に視線を投じている小沢さんの奥さんを不審に思い、声をかけた。すると、小沢さんの奥さんは、笑顔で「おはようございます」と応じ返し、眼下を指差して、

「あんなとこで、赤ちゃんが嬉しそうに笑てますねん」

と言った。

二度目の入院はとても長く、いったん秋に家に帰って来たが、十日後にまた病院に戻り、やっと先月、退院したのだった。

「お父ちゃんは、いつ帰って来るのん？」

ぼくは、母に訊いた。母は、父の昔の友人の名を口に出し、その人に一時お金を用立ててもらうために下関まで行ったので、帰って来るのは、早くてもあさってになるだろうと言い、

「小沢さんの奥さんに、赤ちゃんの死体のことは絶対に喋《しゃべ》ったらあかんで」

そう念を押した。そして、洗濯物をたたみ終え、ぼくの昼食のために、昨晩

食べ残したカレーを温め始めた。

日が暮れて、安治川のほうからゆっくり朱色が進んできたころ、表でコウちゃんがぼくを呼んだ。コウちゃんの一家は、父親も二人の兄も、中央市場の中にある鰹《かつお》ぶし専門の卸店に勤めている。荷をおろす際、安物の鰹ぶしには割れてしまうものもあり、売り物にならなくなった、ただの木片にしか見えない鰹ぶしを、コウちゃんの父親はたくさん紙に包んで持って帰る。コウちゃんはそれをポケットにいつも入れていて、ときおり、ぼくにもくれるのだった。鰹ぶしの固いかけらを口の中で転がしていると、そのうち柔らかくなって、鰹ぶしの味が拡がり、だんだんおいしくなってくる。

コウちゃんは、人差し指ほどの大きさの、割れ目がぎざぎざになっている鰹ぶしの破片を二本、ぼくにくれた。そして、重大な秘密をつきとめたのだと声を忍ばせて言った。

ぼくを舟津橋のたもとまで連れて行き、

「俺、ポリ公と般若のおっさんの話を聞いてしもたんや」

とコウちゃんは、多少芝居がかった仕草であたりをうかがいながら言った。

「秘密て何や？」

「般若のおっさんの背中に、もう般若の刺青《いれずみ》はあれへんのや」

「なんで？」

「去年の暮れに、博奕《ばくち》で負けて、刺青を取られよったんや」

要領を得ないコウちゃんの話しぶりを要約すれば、般若のおっさんは、昨年の暮れに、この近くの家で花札賭博《はなふだとばく》をやり、有り金をすってしまった。その場には、小沢さんのご主人もいた。小沢さんは、花札賭博をするために来たのではなく、張り客の誰かと逢《あ》うためにその家に来ていた。小沢さんが逢おうとしていた男がやって来たのは、ほとんどの客が帰ってしまったころで、胴元とは親しい間柄みたいだった。酔って絡み始めた般若のおっさんに、胴元は冗談半分で、背中の般若の刺青をかたに金を立て替えてやってもいいと持ちかけた。般若のおっさんは、相当に酔っていたので、深く考えもせずその話にのった。立て替えてもらった金のあらかたを負けたころ、酔いも醒め、般若のおっさんは、家に金を取りに帰ろうとした。しかし、胴元は、約束は守ってもらうと告げ、異常なくらい背の低い、あきらかにヒロポン中毒と思われる男に、今年中にこいつの刺青をはがして持って来いと頼んだ。般若のおっさんは、それでもまだ冗談だと思っていたが、翌日の夜、その小男が訪ねて来て、刺青を貰いに来たと言った。小男は、般若のおっさんを、同じ川すじにある自分の住まいに連れて行った。そこには医者の看板などどこにもなかったが、幾つかの医療道具があった。般若のおっさんは、その部屋で、長さ二十五センチ、幅十七センチにわたる般若の刺青を、背中の肉と一緒に切り取られたのだ。

「小沢さんは、そいつから生まれたての赤ん坊を買うつもりやったんや。般若のおっさん、あのポリ公にそない言うとったわ」

コウちゃんは、口の端に泡をいっぱい溜めたまま、ぼくの腕を引っ張り、

「小沢のおっちゃん、警察に捕《つか》まるで」

と甲高い声をかすれさせて言った。ぼくは、正月の五日に、決まって派手な幟《のぼり》で〈とびしま丸〉を飾り、初荷を積むため大阪湾へと下って行く般若のおっさんが、ことしは背中を痛めたとかで、一月の末近くまで家で臥《ふ》せっていたのを思い出した。

ほとんど無意識に鰹ぶしの固い破片を口に入れ、ぼくはぽかんとコウちゃんの疥《はたけ》だらけの頰を見ていた。

「俺、そいつがどこに住んでるか知ってるねん」

とコウちゃんは、杭打ち機の音が聞こえて来るほうに目をやって言った。

「そいつ、お医者さんやったんやけど、何か悪いことをして、お医者さんを辞めさせられよったんや」

ぼくは、端建蔵橋のたもとの、小沢さんの住まいに灯が入るのを見てから、

「なんで、そいつが、赤ん坊を売ってるねん?」

とコウちゃんに訊いた。コウちゃんは、しばらく考えてから、

「そんなこと、俺にはわからんわ」

と言い、いかにも名案を思いついたかのような表情で、今夜、いつもより遅い時刻に銭湯に行き、帰り道、そいつの家の様子をさぐろうと誘った。ぼくは、とんでもなく恐ろしいことが起こりそうな気がして、まだ柔らかくなっていない鰹ぶしの破片を奥歯で嚙《か》み砕いた。コウちゃんは、八時に〈えびす湯〉で待っていると言い残し、帰って行った。

般若のおっさんが自慢の刺青をはぎ取られたという話も気味悪かったが、小沢さんのご主人が、その得体の知れない男から赤ん坊を買おうとしているという話のほうが、ぼくにははるかに不気味だった。

ぼくは、小沢さんの奥さんが病気になる前、二人に天王寺の動物園へ連れて行ってもらったことがある。小沢さんは、戦争が終わって三年目に石川県から

大阪へ出て来て、いまの店に就職し、五年前、結婚したのだった。結婚したときは奥さんよりも、三つ歳下《としした》の二十五歳で、結婚と同時に夜間高校に通い始め、去年、ちゃんと卒業した。そのことは、父と母の話題にしょっちゅうのぼったので、ぼくはいつのまにか、小沢さん自身から聞いたと錯覚するときもあった。けれども、小沢さんは、とても無口で、幼いぼくとさえ面と向かって言葉を交わせない人だった。それは、小沢さんが吃音のせいなのだが、本人が気にしているほどには、それとわからない程度のものだった。

夜間高校に入学する者は多くても、卒業する者は少ない。父は、しばしばぼくにそう言い、昼間働いた体で、夜、学校に通うという生活が、いかに全うしにくいかを語った。よほどの忍耐と克己心がなければできることではない。わしは、夜間高校を卒業した人間には頭が下がる。そんな言い方で、父は小沢さんを賞めた。

ぼくは、家に帰り、漆喰壁に凭れ、隣の小沢さんの住まいから聞こえて来る物音に神経を集中しながら、台所で夕飯の仕度をしている母のうしろ姿を見ていた。柱時計の振り子の音が、いやに大きく耳について、小沢さんの住まいからは何も聞こえてこなかった。

ぼくは、うわの空で、母と向かい合って晩御飯を食べた。赤ん坊はどこから出て来るのかとぼくは母に訊いた。母は、頭から出て来るのだと答えた。母は子供のぼくを誤魔化そうとしたのではなく、正確に答えたのだが、それ以来四年間、ぼくは、赤ん坊は母親の頭から出て来るのだと思い込みつづけた。

ぼくは何度も箸を使う手を止め、赤ん坊を買うとしたら、いったい幾らぐらいなのだろうとか、自分は本当に母が産んだのか、本当はどこかで買って来たのではないか、とか質問した。

母はぼくが何か隠し事をしているのに気づき、それとなく誘導尋問を始めた。ぼくがコウちゃんから聞いた話を洗いざらい喋ってしまうのに、そう時間はかからなかった。

「きょうはお風呂屋さんに行かんでもええ。ずっと家にいてなはれ」

母はぼくにそう言い、まだ晩御飯を食べ終わっていないのに立ちあがった。そして、表に出ると、小沢さんの家の戸を叩いた。母は、小沢さんの奥さんを抱きかかえるようにして帰って来た。たいした物はないが、今夜は自分たちと一緒に晩御飯を食べたらどうか、そうしているうちにご主人も帰って来るだろう。

母は、さとすように小沢さんの奥さんにそう言った。小沢さんの奥さんは、ぼくの母の手を強く握り、ただうなずき返すばかりで、母が台所へ行こうとすると、

「うちの人、悪いことをするような人やあらへん」

そう言って泣いた。母は、そんな小沢さんの奥さんの背中をさすり、ぼくに茶をいれるようにと言った。小沢さんの奥さんが、医者からもらった薬を飲みたいと言うので、ぼくはその薬の置き場所を訊き、小沢さんの家に行った。しかし、ぼくが薬の置き場所をやっとみつけ、それを持って家に帰ったとき、小沢さんの奥さんは、

「もうじき、赤ちゃんが来ますねん。私の子供やねん。私が産んだ子供や」

と繰り返して、ぼくの家から出て行こうとした。母は、ぼくに早く薬を飲ませるようにと命じ、小沢さんの奥さんを懸命になだめつづけた。

母の説得で、小沢さんの奥さんは薬を飲んだ。ぼくと母が、小沢さんの奥さんをどう扱ったらいいのか困惑して、ひたすら気の鎮《しず》まるのを待っていると、表で足音がした。ぼくは、裸足で表にとびだした。昼間の警官と小沢さんのご主人が立っていた。

小沢さんは警官に一礼し、

「ご迷惑をおかけして、すみませんでした」

と言った。警官はえらそうな目で小沢さんを見つめ、

「まあ、何事ものうてよかったな。般若のおっさんを逆恨みしたらあかんで」

そう言って、自転車にまたがると、舟津橋を渡って行った。ぼくは、奥さんがぼくの家にいること、また病気になったことを小沢さんに伝えた。小沢さんは、伏目がちに、ぼくの家に入って来、奥さんの名を呼んだ。

小沢さんの奥さんは、ご主人ににじり寄り、

「赤ちゃんは？」

と訊いた。小沢さんは何か答えようとしたが、言葉が出てこないみたいで、ぼくの母と目が合うたびに、顔を赤らめて微笑を作った。

「ぼくらには、子供なんか、もうどうでもええやないか」

小沢さんは、やっと口を開いた。

「赤ん坊は、もう来やへんの？」

「そうや、もうぼくらのところには来やへんのや」

「嘘《うそ》や」

小沢さんの奥さんは大声で言い、土佐堀川のほうを指差し、

「さっきから、赤ちゃんが何人も流れて来てる」

と言った。

ふいに母は、地下室の入口に置いてある懐中電灯をつかみ、

「ほんなら、小沢さんの赤ちゃんを捜そ。自分の子供をみつけたら、ああ、あの子やって私らに教えなはれ。そしたら、私が川に飛び込んで奥さんの赤ちゃんを取って来てあげる」

と言い、小沢さん夫婦について来るよう促《うなが》した。ぼくは、そんな母に驚き、怯《おび》えながらあとを追った。

母は、端建蔵橋の上に行き、欄干から身を乗り出し、懐中電灯で夜の川面を照らした。ご主人に体を支えられ、小沢さんの奥さんは土佐堀川を見おろした。川風は、安治川のほうから吹いて来て、母の髪の毛を逆立てた。

小沢さん夫婦は、互いに無言で、懐中電灯の光が夜の汚れた川面に作りだす輪を見ていた。やがて、小沢さんの奥さんは首を横に振り、自分の子供はどこにもいないとつぶやいてから、

「なんやしらんけど気持ちの悪い色やこと」

と言った。ぼくは小沢さんの奥さんが正気を取り戻したのかと思った。母は、ぼくに懐中電灯を手渡し、まだずっと川を照らしているようにと命じ、

「生まれたての赤ん坊を買うつもりやったん？」

と小沢さんに小声で訊いた。小沢さんは、はいと答えた。

「誰が売ってくれるのん？」

小沢さんは、上流を指差し、

「昔、医者をやってた人が、内緒で診察してるんです。患者は、ちゃんとした病院に行かれへん事情のある人ばっかりで」

と言った。

「般若のおっさんは、なんで背中の刺青を取られたんやろ……。世の中には、恐ろしいことをする人らがいてるもんやなァ」

そう母がつぶやいた。小沢さんは、「さあ」と言って、首をかしげた。ぼくは、小沢さんの奥さんの視線と、川面の光の輪を、交互に見ていた。ポンポン船が下って来た。船は、ぼくの照らす光の中に入り、トタンの屋根に坐る黒い猫を一瞬照らした。端建蔵橋をくぐり、安治川に入り、ポンポン船は遠ざかって行った。

「なんでやろ……。さっきまで、赤ん坊がぎょうさんおったのに……」

小沢さんの奥さんのその言葉を機《しお》に、ぼくたちはそれぞれの住まいに帰って行った。

香炉

私が、曹興民《そうこうみん》という若い中国人に包丁で切りつけられたのは、大学三年生のときだった。

大きな包丁の刃は、私の眉の下をかすって、調理場の壁に立てかけてあったぶあつい木のまな板に深く刺さった。ほんのかすった程度で、たいした血も出なかったのに、二十年たったいまでも、私の眉の下には、長さ二センチほどの傷あとがある。曹興民は、そのときすでに睾丸《こうがん》の癌《がん》にかかっていて、七カ月後に死んだ。

御堂筋を、心斎橋から難波のほうへと歩いて五、六分のところに、食通に知られた広東料理店があり、曹興民はそこで腕のいいコックとして働いていた。私はその店で、夕方の五時から閉店の十時まで、ウェイターのアルバイトをしていて曹興民と知り合った。

曹興民は、六歳のときに両親に連れられて台湾から日本へやって来て、ちょうど二十年がたっていたので、私より五つ歳上《としうえ》だったことになる。

彼は、身長が一メートル九十センチ近くもあったが、ひどく瘦《や》せていて、顔の色も青黒かった。頰だけでなくこめかみの肉までそげおちた顔の中に、造作の大きな目や鼻があった。そのため、曹興民を一種の異相の持ち主に見せ、たいがいの人は、彼を見るとぎょっとして、それとなくもう一度容姿を盗み見るという態度をとった。

けれども、曹興民は、ほんの数分言葉を交わすだけで、その異相をかえって剽軽《ひょうきん》なものに転じさせるくらいに陽気な、冗談のうまい、自分の仕事に熱心な青年だった。そんな彼が、突然逆上して、私に刃物をふるったのは、進行しつつあった病の為《な》せる業《わざ》だったのだろうと、いまになれば思うのだが、あのときはとてもそうは思えず、調理場に居合わせた者たちの体を盾にひたすら逃げ廻ったあげく、店の裏側の階段を走り降り、白い制服のまま、心斎橋のたもとで様子をうかがった。曹興民は、みんなになだめられているうちに、自分が危うく人を殺しかけたことに気づき、店の支配人にともなわれて、私を捜しに来た。

私は、夕暮れの雑踏の中でいつでも逃げられる態勢を作ったまま、曹興民と向かい合った。曹興民は、自分はどうかしていたのだと言い、何度も何度も私に頭を下げて謝った。私はいちおう店に戻り、眉の下の傷を消毒して絆創膏《ばんそうこう》を張ってもらってから仕事を始めたが、気持ちの昂ぶりをどうしても鎮《しず》められず、結局、休ませてもらうことにして店から出た。そして、それっきり辞めてしまった。たとえ一瞬にせよ、本気で私を殺そうとした人間のいるところで働く気にはなれなかったからだ。

曹興民は、大切にしている青磁の香炉を、私が盗んだと誤解したのである。彼は、調理場の、鬼門にあたる方角のところに、自分のための小さな祠《ほこら》を作り、その中に香炉を入れていた。彼は、仕事を始めるときと、終わって調理場の火を落とすとき、その香炉に手を合わせて拝んだ。

「香炉を拝んだら、香炉になるで」

私は曹興民にそう言ってひやかしたことがある。彼は、もしそうならば本望だと応じ返して笑った。

香炉は、曹興民と結婚の約束をしていた謝清玉《しやせいぎよく》が祖父から譲り受けたもので、骨董品としても美術品としても相当価値の高い品だったらしい。二人は、もう随分前に、双方の親同士が夫婦にさせようと決めていたのだった。私は、祠の中には香炉以外何もないと思っていたのだが、そうではなかった。香炉には、謝清玉の名を書いた紙が、四つに折りたたんで入れてあったのだ。

当時、謝清玉は、神戸にある女子大の二年生で、しょっちゅう店に遊びに来ていた。こころもち受け口の、右の頰にえくぼのできる色白の娘で、誘えば簡単になびいてきそうなところがあった。ウェイターのアルバイトをしている私たち学生は、興民の目を盗んで清玉に誘いをかけたものだが、誰も成功しなかった。気があるのかないのかわからないような目つきで遠廻しに拒否する物腰は、清玉を海千山千の女に見せて、私たち学生は、なんだか徹底的に遊ばれているみたいな気になるからだった。

曹興民の死も、謝清玉がその後ロンドンのチャイナタウンで手びろく商売をしている男と結婚したことも、私は大学を卒業してから知った。興民の病気が、睾丸に出来た癌で、手術をしたがすでに肺に転移していたと聞かされ、私は長い間考え込んだ。仕事をしていても、酒を飲んでいても、通勤の満員電車の中でも、しばしば清玉のことを思い出した。しかし、やがて私にも家庭が出来、よけいな詮索にひたる暇もなくなると、清玉のことは、私の中でうやむやに処理された。

昭和天皇の死をデュッセルドルフで知った翌々日、私は仕事が予定より三日ほど早く片づいたので、思いたってロンドンへ向かった。

大学時代に仲の良かった女性がイギリス人と結婚し、ヨーロッパに来たら、ロンドンに立ち寄って、我が家で食事をしていったらどうかと、毎年のクリスマスカードに書いて送ってくれるのだが、いつも時間の余裕がなかった。帰国の日までに三日も自分の時間がとれることなど滅多にないので、私はこの機会にと、予定を変えたのだった。

急遽予約しておいたロンドンのSホテルにチェックインし、迎えに来てくれるという友人夫妻を待って、私はロビーのソファに坐った。テーブルには、何紙かの新聞があり、その中に日本の昭和天皇について特集記事を組んだものがあった。その新聞の〈神か悪魔か〉という大見出しの下に、昭和天皇の写真と並んで、愛新覚羅《あいしんかくら》溥儀《ふぎ》の写真が載っていた。

新聞の記事に目を移したとき、隣で紅茶を飲んでいたフランス人らしい老人が、訛《なま》りのきつい英語で「あなたはヒロヒトについてどう思うか」と話しかけてきた。私は、やれやれと思いながらも、自分は戦争が終わってから生まれた世代なので格別の感想はないと答えておいた。

老人は、つまらなそうに頷《うなず》き、私の年齢を訊《き》いた。四十二歳だと答えると、ロビーのシャンデリアを見あげて何やら頭の中で計算している様子だったが、またつまらなそうに頷き、自分の兄は長くソウルで暮らしていたなどと話し始めた。いいかげんに相槌を打っているうちに、私はその老人が愛新覚羅溥儀を朝鮮人だと思い込んでいることに気づいた。

それで、私は溥儀の写真を指差し、この人は朝鮮人ではなく中国人だと教えた。老人は、私の言葉で不機嫌になり、あんたは何もわかっていないなどと言いだした。私は、老人の相手をさせられるのを避けて、いかにも急用を思いだしたような仕草で立ちあがった。そんな私に、老人は鼻から抜けるような声で、この近くにチャイナタウンがある、まったくどこの国ででも、やつらは蟻みたいに巣をつくり、ゴキブリみたいに目障《めざわ》りだと言った。

Sホテルから歩いて十五分ほど西へ行けば、ソーホーと呼ばれる下町の歓楽街があり、そこにチャイナタウンがあることは知っていた。私は、意識的に、すぐ近くにあるチャイナタウンの存在を無視していたのかもしれないが、老人の言葉で、それまでの気分が少し変わったのだった。清玉に逢《あ》えないものだろうかと。

友人宅での食事は、気持ちのなごむ楽しいもので、つい長居をしてしまい、Sホテルに帰って来たのは、夜の十時だった。友人夫妻は、私のために日本食を用意してくれていたが、三人の子供たちが猛烈な食欲を示して、母親が凝《こ》りに凝ってつくった幕の内弁当では足りず、私は自分のご飯を譲った。そのために、シャワーを浴びたあとテレビを観ながら一服していると、なんとなく、少量だが、とびきりうまいもの、それも油っこくないものを食べたくなった。

反射的に、私は、なまこと青菜の醬油煮《しょうゆに》を肴にマオタイ酒を飲みたくなった。曹興民は、十日に一度くらいの割合で、私たち学生アルバイトに、仕事を終えたあと、チャーハンをつくってくれて、なまこと青菜の醬油煮を付けてくれたのだった。私は、曹興民のつくるなまこ料理以上にうまいなまこ料理を口にしたことはなかった。

曹興民の得意の料理に、あひるの水かきを茹《ゆ》でて、ゴマ油に漬け込んだものがあったな。あのうまさは、二十歳《はたち》そこそこの貧乏学生にはわからなかった。とにかくあのころは、味よりも量だったから、チャーハンを食べたあと、白いご飯になまこと青菜の醬油煮をぶっかけて食べたものだ。あれは、じつに贅沢なぶっかけめしだった……。

そんなことを思い出しているうちに、私は、たまらなく、なまこ料理を食べたくなった。服に着替えて、二階建てバスの走る通りへ出た。もしかしたら、四十歳を超えた清玉に逢えるかもしれないとも思ったので、清玉の夫が経営する広東料理店の名をしたためてある古い手帳をポケットに入れたのだった。けれども、一歩チャイナタウンに足を踏み入れると、店の数の多さや、ひしめきあう人間の数に驚き、こんなところで清玉を捜しだすことなど不可能だとあきらめてしまった。

北はシャフツベリー通りまで、南はコヴェントリー通りまで、西はリージェント通りのすぐ横手まで、東はチャリングクロス通りからまださらに東へはみだす地点まで、ソーホー地区のチャイナタウンは、街全体が原色のネオン管を何重にも巻きつけて光っているかのようで、アラブ系、アングロサクソン系、東洋系、アフリカ系などの人間たちが、路地という路地を行き来していた。

中国人の女たちが客引きをしているいかがわしいナイトクラブもあれば、亭主ひとりで五、六種類の点心だけを売る店もあった。私は窓越しに店内をのぞいたり、店先の看板に書いてあるメニューを見たりして、チャイナタウンの路地を北西へと歩いた。

なまこは、漢字では〈海鼠〉だが、英語では〈海胡瓜〉なのだ。以前、パリの中華料理店で、メニューに書かれてある〈海鼠〉を指差したら、キクラゲが出てきて、ウェイターに抗議をしたことがある。そのとき、私はなまこの絵を紙に書いたが、相手にわからせるようになまこを絵にすることなどできはしなかった。やっと〈海胡瓜〉だとわかって注文しなおしたが、その店になまこはなかった。ヨーロッパ人で、なまこを注文する客などいないので、干しなまこは仕入れていないと、その店の支配人は笑ったものだった。

これだけの夥《おびただ》しい数の中華料理店が密集していても、ロンドンのチャイナタウンでなまこを置いてある店はすくないだろう。私は、一軒一軒、店内をのぞき、〈海胡瓜〉という漢字と〈SEA CUCUMBER〉という英文字を捜したが見つけられなかった。

よほど大きな店か、それとも俗にいう〈通《つう》〉しか行かないような店でなければ、なまこ料理にありつけないと思い、私は、自分のいる場所の南西あたりでまたたくピカデリー・サーカスのネオンを見、ポケットから手帳を出した。清玉の夫が経営する店は〈四世香《しせいこう》〉という名だった。

私は、チャイナタウンの住人と思える中国人に〈四世香〉と書いた紙を見せ、このレストランはどこにあるかと訊いた。六人の中国人に訊いたが、みな知らないと首を振った。同業者に訊くほうが早いと考え、古い店を選んで五軒の店のウェイターや年かさの支配人にあたってみたが、〈四世香〉という中華料理店を誰も知らなかった。私は、紙きれに〈謝清玉〉と書いて、この女性を知らないかとも訊いたのだが、みな邪険に首を振るばかりだった。

不審に思いながらも、私は、〈四世香〉という店と謝清玉を捜すことをあきらめ、こんどは〈海胡瓜〉と紙に書き、白人の客の少ない店を捜して、なまこ料理はあるかと訊いてまわった。ジェラード通りの横の路地を入った仄暗《ほのぐら》い店で、やっとなまこ料理をみつけた。

丸いテーブルが五つあるその店は、紫檀のついたてがテーブルとテーブルを仕切っていて、客はすべて中国人だった。ウェイターも制服ではなく、普段着を身につけているので、誰が客で、誰が従業員なのかわからなかった。

メニューに、なまこと青菜の醬油煮はなかった。しかし、小柄な老人が厨房《ちゆうぼう》から出て来て、私の要望を訊くと、よしつくってやるよというふうに小さく頷《うなず》き、厨房に引っ込んだ。

料理が出てきて、私がそれを食べ始めたとき、緑がかった玉虫地のダブルの背広を着た男が店に入ってきて、私に、

「四世香をお捜しですか？」

と日本語で訊いた。私が返事をする前に、その、私より少し年長かと思われる、角張った顔の男は、

「四世香という店を捜していらっしゃるのか、それとも謝清玉さんを捜していらっしゃるのか、どちらです？」

と訊き、私と向かい合った席に坐ってもいいかと身振りで示した。まったく癖のない流暢《りゅうちょう》な日本語だったので、私が、

「失礼ですが、あなたは」

と言いかけると、男は、椅子に坐り、煙草《たばこ》を出しながら、

「荘志潔《そうしけつ》と申します。五歳のときから二十年間、日本で暮らしました。大学も、日本の大学を出たんですよ」

と言った。私は、男に日本人なのか中国人なのかを訊こうとしたのだが、彼の言葉は、私にはどうでもいいことまでも教えた。

「謝清玉さんを捜してるんです」

荘と名乗った男は、ダンヒルの煙草に火をつけ、店の者たちに軽く会釈《えしやく》してから、ほんの数秒、私を無言で観察した。私も同じように荘の人相風体《ふうてい》をさぐった。小さなダイヤを一個嵌《は》め込んだ金の太い指輪を薬指にはめ、地味だが趣味のいい絹のネクタイをした荘は、色が白くて、仄暗い店内にいても、こめかみの少し上に浮き出た血管の青さが目立つほどだった。角張った顔の中に、物静かで理知的な目が光っている。しかし、いずれにしても、こんな手合《てあ》いは気をつけねば、と私は思った。

「謝清玉さんのことはよく存じあげています」

荘は口を開き、それから、どうして謝清玉を捜しているのかと訊いた。

「私と彼女とは大学時代の友だちなんです。ずいぶん長いこと逢ってないし、せっかくロンドンへ来たんだから、二十年ぶりに逢ってみたくなりましてね」

「ほう、おんなじ大学だったんですか？」

私は、ええと返事をして、荘を見つめた。かま《かま》をかけてみたのだった。

「おんなじ大学だった……。おかしいですね。謝清玉さんは女子大に通ってたはずですが」

「K女子大にね。だから、わたしと彼女が同じ大学だったはずはありませんね」

　荘は、私の言葉で笑い、

「お互い、相手をうさん臭く思ってるみたいですね。まあ当然でしょうが」

　と言った。

「大阪の心斎橋に四世園という広東料理店がありましてね、私は大学三年生のとき、そこでウェイターのアルバイトをしてたんです。謝清玉さんは、しょっちゅうその店に遊びに来ていて、それで友だちになりましてね」

　私は、こんどは正直に言った。

「四世園……。なつかしいな。鄧おじさんが元気だったころは、大阪で一、二を争う本格的な広東料理店でしたよ」

　荘はそう言って、年長の従業員に中国語で何か指図した。鄧おじさんのことは、私も覚えていた。鄧おじさんは、脳梗塞で倒れたあと、不自由な体で週に二度、店に顔を出し、曹興民に自分の料理術を伝授していたのだった。しかし、鄧おじさんも、曹興民が死んだあと、一年ほどして亡くなった。

「お名前をうかがってませんでしたね」

　と荘に言われ、私は名刺を渡した。

「あなたは、四世香を中華料理店だと思って、何人もの人に、『四世香というレストランを知りませんか？』ってお訊きになったでしょう？　だから、みんな知らないと答えた。四世香ってのは、中華料理店じゃないんです。中華料理用の食品とか料理器具を輸入する会社なんです。牡蠣ソース、中国醤油、ゴマ油、フカヒレとかなまことかきのこ類とかの乾物、鍋、蒸し器、せいろ、食器……。そんなのを扱う会社です」

荘は笑顔で言い、従業員が持って来た紹興酒《しょうこうしゅ》のラベルを私に見せた。

「マオタイもいいですが、この紹興酒は逸品です。どうです？　召しあがってみませんか？」

そして、従業員に、紹興酒を温めるようにと頼んでから、私を見つめ、

「謝清玉は死にました」

と荘志潔は言った。

その小さな、そこはかとなく中国風の小部屋に、自分がどこをどう歩いて辿《たど》り着いたのか、私にはまったく思い出せなかった。

紹興酒につづくマオタイ酒のやりとりで、私は自分の腕時計の文字盤や針が

三重四重に見えるほど酔ってしまい、荘志潔に体を支えられて、チャイナタウンの一角の、幅の狭い鉄の階段を昇ったことを、うつろに覚えているだけなのだ。

けれども、酔いのわりにはすっきりした目醒めの頭で荘志潔の住む小部屋を見廻し、丈の低い箪笥《たんす》の上の置き時計に目をやると、時計の針は十二時十分をさしていた。昼の十二時なのか夜の十二時なのか判断がつかず、私は籐《とう》製の長い台に敷いた何枚もの毛布の上で体を起こした。

荘は、台所のドアをあけて、

「おはようございます。いかがです？　調子は」

と訊いた。

「いまは昼ですか夜ですか」

「昼ですよ。明け方の五時におやすみになったから、きっかり七時間寝たことになります」

「すっかりご迷惑をおかけして……」

「いや、泊まっていけって無理矢理ひきとめたのは私です」

「こんなによく眠ったのは、ほんとに久しぶりだな。夢も見なかった……、ような気がしますね。殺されてもわからないくらい、よく寝た」

「ジャスミン茶はいかがです？」

荘はそう言ってから、台所の奥にある浴室に私を案内した。

「いま、粥《かゆ》を炊《た》き始めたところです。おかずはザーサイだけ。朝食は、それが最高だっておっしゃったでしょう」

私は歯を磨きながら、鏡に映る荘志潔の横顔を見つめた。私が、朝食に粥とザーサイという取り合わせを食べたのは、ただの一回きり、清玉の部屋に泊まった日だけだった。

私は、いったいどんなことを荘に喋《しゃべ》ったのだろう。冷たい水で何度も顔を洗いながら、私は、断片的に思い出し始めた。

香りのきつい、熱くて濃いジャスミン茶を、荘の寝室兼居間の、六畳ほどの部屋に腰かけて飲んでいるうちに、私は、前後不覚になって倒れ込んだ際、荘が言った言葉を思いだした。荘は、

「清玉が、やつれ果てて、このソーホーに戻って来たのは、ひと目だけでも、自分の娘と逢いたかったからですよ。でも、とうとう娘とは逢わせてもらえなかった。私は、清玉の亭主の気持ちもよくわかります。でも、私は、なんとか

して、清玉と娘とを逢わせてやれないものかと画策したんですがね」

と言ったあと、部屋の明かりを消したのである。

「あなたが眠っているとき、眉の下を見たんです。たしかに傷のあとがありますね」

ジャスミン茶をすすりながら、荘はソファに坐って、私の眉の下を見た。

「大事な香炉がなくなったくらいで、人を殺そうとするでしょうかねェ。でも、曹興民は、あのとき本気でしたよ。私は、あのときの曹興民の目つきとか、包丁の握り方なんかをはっきり覚えてます。ほんとに怖かったなァ。逃げようとするんだけど、足がもつれて、ちゃんと動かない……」

と私は言って、熱いジャスミン茶が喉を通っていく感触を楽しんだ。

「でも、気味が悪いもんですよね。自分の名前を書いた紙を祠にまつって朝晩拝まれるなんて、清玉ならずとも、誰だって、やめてくれって思いますよ」

と荘は両手で持った茶碗の中のジャスミン茶に見入りながら言った。そして、どうしても沈まない一片の葉を小指の先で取ってから、仄かな笑みを浮かべ、

「清玉を、いまでも許せませんか？」

と私に訊いた。そうか、自分は酔って、この荘志潔という中国人に、洗いざ

らい喋ったのかと私は思った。

「私は、荘さんに、洗いざらい喋りましたか？」

「洗いざらいかどうか……。それは、私にはわかりませんよ。でも、私の経験だと、人は自分のことを洗いざらい喋るなんてことはしないようです」

荘は言って、わざと剽軽な笑みを向け、炊いている粥を杓子《しゃくし》で混ぜるために台所へ行った。そして、幾分、声を大きくさせて言った。

「清玉は、どうしたらいいのかわからなくて、急場しのぎの名案を必死で考えようとしたんでしょうね。清玉は、誰かに恋をすると、いつもそうでしたよ。でも、娼婦の真似事みたいなことは決してしない女でもあった。それは私がよく知っています」

粥にいい粘りをもたせるには、あと十五、六分、弱火で煮なければいけない……。荘志潔は、自分に言い聞かせるみたいにつぶやきながら、私の隣のソファに腰かけ、

「だから清玉がお腹の子を堕《お》ろしたのは、あなたが疑いつづけたような、つまり、すでに興民の子を身ごもっていて、それを堕ろす正当な方便《ほうべん》を作りだすために、好きでもないあなたと関係したという推論は、私は否定しますね」

「正当な方便？　方便に正当な方便なんて、実際にあるんでしょうかねェ」

と私は言った。荘は、私が寝台の代わりに使った籐製の長椅子をぼんやり見てから、

「方便と嘘《うそ》とは違うでしょう」

琥珀《こはく》色のジャスミン茶に映る自分の目に気づき、私はそれを消し去るために茶碗をそっと振りながら、同時に、首を左右に強く振った。

「いや、私の推論はきっと当たってると思います。清玉は、曹興民が睾丸の癌にかかっていて、曹興民がそのことを知っていたってわかったんです。睾丸の癌にかかっている男の種を宿した……。親が決めただけでたいして好きでもない男の、そのうえ癌細胞に何等かの影響を受けているかもしれない種を宿した。清玉は、お腹の子を堕ろしたかった。でも、双方の親は、一日も早く二人に所帯を持たせたがってる。ましてや、息子の病気を知った興民の両親は、せっかく身ごもった興民の子を、清玉に生んでもらいたかったでしょう。清玉は、にっちもさっちもいかなくなって、私を誘ったんです。自分のほうから言い寄って、私と一晩をすごし、私の子を身ごもったことにした。そして、私と一緒に病院へ行って堕ろしたんです。私は、餌食《えじき》にされた」

「幾ら何でも考えすぎですよ」

と荘は言った。

「清玉が、なぜそんな手のこんだ細工をしなければいけないんです？　彼女には、興民の子を堕ろす正当な理由があるじゃありませんか。興民が癌だと診断されたとき、すでに肺に転移してた。興民は若かったから、十中八九助からない。しかも二人はまだ夫婦ではない。そのうえ、これは医学的にはどうなのかわからないにしても、睾丸の癌にかかっている男の種を宿したんですよ。彼女は双方の親に正直に相談すればいい。双方の親は、清玉の言い分を認めるに決まってる。極めて高い確率で間近に死が迫ってる男との婚約は、どんな親でも破棄するでしょう。あなたの推論は、論理的でもないし、常識的でもありませんね。あなたはどうして、清玉が、興民の子を身ごもっていたなんて決めつけるんです？　二人には、肉体関係はまったくなかったかもしれないじゃありませんか」

言われてみれば、そのとおりであった。私は荘志潔を見ているうちに、なんだかわけのわからない悲哀に撃たれているみたいな気分になり、壁に掛かっている掛け軸とか、玄関と部屋とを仕切っている精緻《せいち》な彫刻でうがたれた紫檀のついたてを見た。部屋には、窓がなかった。本来の用途ではなく、壁飾りとして竹のすだれが吊《つ》られている。

「ここは、チャイナタウンの、どのあたりになるんですか」

　と私は訊いた。

「東側です。すぐそこにチャリングクロス通りがあります。ここは、四階建てのビルで、この部屋は一番上にある。以前は、ここと三階が人の住む部屋でした。二階と一階は事務所と倉庫です」

「夫も子もある清玉と手に手を取って行方をくらましたイギリス人の青年はどうなったんです？」

　と私は訊いた。

「清玉と別れて半年後にロンドンに帰ってきました。気の弱い、善人すぎるほどの善人で、あんな男が、勤めていた会社も辞《や》めて、清玉を夫や子から奪って、よくもまあ向こう見ずなことができたもんだと不思議に思えるくらいですよ。いまは、小学校の教師と結婚して、子供も二人いるようです」

　荘は、そろそろ粥が炊きあがったころだろうと言って、台所へ立っていった。

　私は、まったく家庭というものの気配のない荘志潔本人とか、彼が寝起きしている部屋のたたずまいを、あらためて観察した。確か、荘志潔は、日本にいたころ、神戸の謝清玉一家と、道路ひとつへだてたところに住んでいたと言ったな……。清玉が女子大生になり、王子動物園の近くのマンションに部屋を借りて、ひとり住まいを始めたころに、荘は大学を卒業して、叔父が経営する貿易会社に就職し、東京へ移ったとも言ったのだったな……。

荘は、粥を入れた大鉢と、ザーサイを盛った小皿とを運んで来、私の碗に粥をよそってくれた。

「清玉は、どんな病気で死んだんです？　どこに葬られたんです？　酔っぱらっているとき訊いたような気がするけど、よく覚えてないんですよ」

私は、大鉢の粥から立ち昇る湯気の行方を追って、視線をゆっくり部屋の中空に向けたまま訊いた。荘は、それには答えず、私に粥をすすめ、

「きのう、いや、きょうかな、私は何度もあなたに言ったでしょう？　清玉は、自分の名を書いた紙を拝まれているってことに、不快感というよりも、耐えがたい恐怖を持ってましたよ。そんなことをするのはやめてくれって、何度も興民に頼んだけど、興民は、わかったわかった、もうやめるって言いながら、つづけてた。よほど清玉に惚《ほ》れてたんでしょうけど、興民には、何事につけて、

そんなところがありましたね。世間一般の常識から、一瞬ぷつんと外れるときがあった。たとえば、あなたに包丁で切りつけるなんてことも、その一例でしょう」

「荘さんは、さっき、清玉と興民に肉体関係はなかったかもしれないっておっしゃいましたね。私には、なかったという断定の言葉に聞こえましたよ」

この荘志潔という中国人が、いったい何者であるのかを知りたくなった。その私の心は、自分でも意外なほど執拗《しつよう》なものに変わったのだった。

「ロンドンで清玉と再会して、お茶を飲みながら昔話をしているうちに、そんな話が出たんです」

と荘は答えた。粥の湯気を透かして、荘の目がぼやけた。

「清玉のお墓はどこにあるんです？　ロンドンですか？　神戸ですか？　それとも台湾？　私は、清玉のお墓参りをしたいんです」

「清玉は、ひとつのことに一心不乱になってしまう女でした。粥を炊けば、粥を炊くことに一心不乱になる。水餃子《すいギョーザ》をつくれば、水餃子をつくることに一心不乱になる。一見、何でもない、可愛い感じのする極く普通の女なのに、何かに一心不乱になるときの清玉は、まるで妖怪《ようかい》みたいでした。男を好きになると

き も、一心不乱です。自分の子供が恋しくなると、もう他のことは目に入らず、子供に逢いたいということに一心不乱です」

「清玉のお墓はどこにあるんです？」

その私の、少し怒気を含んだ言葉で、荘は少し眉をひそめた。

「さあ……、どこにあるのか……。私も捜してるんです」

そう言って、薬指にはめた指輪に息を吹きかけた。

私は、粥に手をつけないまま、荘の目を見つめた。荘の目の中の膜は消えなかった。荘は言った。

「清玉は、私と好き同士になったとき、妊娠してることに気づいたんです。そのときはまだ、私と清玉に体の関係はなかったんです。つい二カ月ほど前に好きな男がいたのに、私を好きになると、その男のことはどうでもよくなった。それで、私に気づかれないよう、その男の子供を堕ろした。そのつどそのつど、一心不乱です。男に惚れると、ほかのいっさいが眼中になくなる。一心不乱になっているときの清玉は、実際、妖怪でしたよ」

そこで荘は口をつぐみ、粥の表面に生じた糊状の膜を箸で取ると、

「私を好きになる前に、清玉が一心不乱になった相手はあなたですよ」

と言った。私は、荘に何か言おうとしたが、荘はそれを制して、

「あなたは、興民に『香炉を拝めば香炉になるぞ』とおっしゃったそうですが、私にはそれが冗談だとは思えませんね。私は、清玉をあんな女にしたのは、曹興民だと本気で思ってるんです。興民は、清玉を祠の中に入れて拝んだんです。真剣に拝んだ。その興民の真剣な祈りは、清玉に感応したでしょう。好むと好まざるとにかかわらず、祈りの対象として祠に入れられた清玉も、邪《よこし》まな何かに感応して染まった。その清玉の邪まな何かが、次から次へと男に走らせた。そうに決まってる。あれ以後、清玉は妖怪みたいになっていったんですからね」

「そんな馬鹿な……。興民は、勝手に拝んだんですよ。謝清玉の名を書いた紙を祠にまつって。相手が勝手にしたことで、どうして清玉が影響を受けるんです？　そんな馬鹿なことってありませんよ」

そう言う私を見やり、荘は薄い膜の消えた目でほほえんだ。彼は、ふと耳を澄ますようにした。遠くで電話が鳴っていた。それを無視して、荘はほほえみながら言った。

「結婚してほしかったら、私を神か仏みたいに拝みつづけてほしい……。清玉

は、高校生のとき、興民にそういう注文をだしたんですよ。興民は冗談と思ってたけど、そうじゃなかった。清玉は本気で興民にそうすることを要求したんです。だから、興民は清玉の望みどおりにした。でも、興民を嫌いになると、朝晩拝まれてることが重荷になってきた。恐怖を感じるようになった……」

「拝んだ拝まれた……。それで妖怪みたいになった……。そんなにしちむつかしいことですかねェ」

私は荘という男にいらだちを感じて言った。

「清玉ってのは、もともとそんな女だったんでしょう。もともとそんな女だったから、自分を拝めなんて要求を、たとえふざけ半分にしても口に出したんですよ」

私と荘とは、それきり黙りあったまま、大鉢の中の粥が冷めていくのを見ていた。

そうか、清玉がみずから要求したのか。自分の名を書いた紙を祠にまつって朝晩拝めと、清玉が興民に望んだのか。そんなに私のことを好きならばという、多少残忍ではあるが、軽いいたずら心で言ったのであろう。けれども、興民は言われたとおりにしたのだ……。私は、窓のない小部屋で、間近に荘志潔という男がいるのも忘れて、清玉と一緒に産婦人科の病院へ行った日を思い浮かべつづけた。

「あなたは、清玉が初めて身ごもった子供の父親なんです。それは、間違いのないことです」

その荘志潔の、これまでの言い方とは違う、まるで無感情な言葉に、私もまた何の感慨も抱かなかった。

荘の部屋を辞す際、私はもう一度、清玉の墓を教えてくれと頼んだ。

「私のここに」

と荘は自分の胸を指差した。そして、包装紙で包んだ木箱らしいものを私に手渡した。

「何です？」

「もうおわかりでしょう？」

わかったような、何もわかっていないような心持ちだったが、私はそれを片手に持ち、ビルの裏にある鉄の階段を降りた。ロンドンのチャイナタウンは、遅い昼食をとりに来たさまざまな人種の人々や車や自転車で隙間もないほどだった。

何十枚もの新聞紙を張り合わせてつくった、ちゃんと紙の衿までついたコートを着ている若い黒人が私とぶつかった。彼は、

「エクスキューズ・ミー、ジェントルマン」

と、思わず聞き惚れるほど響きのいい声で丁寧に言った。私はそのお洒落なと言えば言える、貧困のかたまりみたいなコートを着ている若い黒人のあとから路地を抜け、ビルの表側に廻った。〈四世香貿易公司〉という大きな看板を確認してから、私はSホテルの部屋に帰り、荘志潔に手渡されたものを包んでいる包装紙を解いた。そして、桐箱の蓋を取り、見覚えのある青磁の香炉を掌《てのひら》に載せた。そっと香炉の蓋をあけてみたが、何も入っていなかった。

新装版「真夏の犬」について

ここにおさめられた九篇の短篇小説は、私が四十歳から四十二歳までに書いたものです。

きっと短篇小説を書きたくてたまらなかった時期だったのでしょう。それまで長く長篇小説に集中したので、その反動があったのかもしれませんが、作家をこころざしたころに、池上義一という方から言われた言葉が深く心に刻まれていて、いよいよその時期が来たと考えたからでもありました。

「原稿用紙三十枚でいい短篇が書けない作家は信用するな」

私の文学の師ともいえる池上さんは、若い作家を育成することに晩年を捧げましたが、事あるごとに私にそう言いました。繰り返し繰り返し、しつこいほどに三十枚の短篇の難しさを説いてくれたのです。

私は四十歳になったとき、よし、挑戦してやると決めて、三十枚の短篇に挑み始めたのですが、そのどれをも池上さんは褒めてくれませんでした。といって、けなしはしないのです。お前ならもっと素晴らしい短篇が書けると言うだけでした。

私は何度も推敲し、書き直しました。そうやって九篇を書き終えて「真夏の犬」という短篇集を文藝春秋から刊行してもらいました。

出来あがった単行本を読んだ池上さんは、

「まあまあかな」

と笑みを浮かべて言ってくれましたが、それは多少の気にいらないところはあるが、合格点をやろうという慈顔でもあったのです。

「真夏の犬」が文庫化されたのは一九九三年ですので、ことし（二〇一八年）で二十五年もたつのですが、そして執筆時に四十代前半だった私も七十歳を超えたのですが、いまもこの短篇集を読んで下さる読者は多くて、若い方々からの反響も大きくて、このたび新装版として新たに刊行されることになりました。

池上義一さんが亡くなられて二十年余。「まあまあかな」と言ってくれたときの慈顔を、いまこの新装版「あとがき」を書きながら思いだしています。この新装版を、私を作家に育ててくれた池上義一さんに捧げたいと思います。
また、「真夏の犬」の新装版刊行に編集者として情熱を注いで下さった文春文庫部の伊藤淳子さんに心から感謝いたします。

二〇一八年春

宮本　輝

解説

読むほどに力が湧いてくる、比類なき作品世界

森　絵都

小窓の多い時代になったものだと思う。フェイスブック。ブログ。インスタグラム。個々の多様な発信によって、私たちは一所にいながらにして無数のきらきらした日常を窺うことができる。明るく楽しげでポジティブな人々の営み。それは決して悪いことではない。見ているこちらも明るい気持ちになる。けれど、自意識という名の枠が絶えずつきまとうその小窓は、時としてあまりに眩しすぎやしないだろうか。私たちの日常は本当にそんなに明るいのだろうか。それほど毎日楽しいのだろうか。格好悪いこと、醜いこと、後ろ暗いことを透

かさない小窓は、私たちに未体験の楽しみを教えてくれても、ひと皮剝けば泥沼の人生に立ちむかう力は与えてくれない。

だから、私は宮本輝の小説を読む。冷風も温風もがんがん吹きこむ巨大な窓のような、清も濁もなみなみ湛えた底なし沼みたいな、比類なきその作品世界にときどき無性に浸かりたくなる。そこには何も気取っていない剝きだしの人間たちがいて、生きることの苦しみが容赦なしに焼きつけられ、きらきらしたハッピーエンドなど一つも存在しないのに、なぜだか読むほどに力が湧いてくる。作中人物たちの生々しい人生の重さに、自分の中で眠らせていた生命力をどつかれるような感覚。他者の営みの中に私たちが探し求めているのは、生きることの真実、ただそれだけではないだろうか。

本書『真夏の犬』はその点で決して読者を裏切らない一冊だ。ジャンルを問わず宮本輝作品には数々の名作があるけれど、九つの短篇小説で編まれた本書は、そのパンチ力において大長篇の上下巻にも決して引けをとらない。それは収められた一篇一篇がそれぞれ独立した作品でありながらも、どこかで通底した匂いや陰影を感じさせ、全体として一つの濃厚な世界像を築きあげているせいかもしれない。

昭和三十年代とおぼしき大阪の貧しい界隈。それが九篇の大半に共通する背景だ。まだ日本人の多くが貧しかった時代にあって、人並み以上の困難を抱えた人々が汲々と毎日を凌いでいた場所。怪しい商売に手を出したり、金策に駆けずりまわったり、事業に失敗して姿を暗ませたり、売るものがなくなったら体を売ったり、そんな荒っぽくもたくましい人々の赤裸々に生きる姿がそこにはある。

私が最も衝撃を受けた表題作の「真夏の犬」では、中学二年生の〈ぼく〉が父親から新商売の助っ人として廃車置き場の見張り役を命じられる。真夏の直射日光。孤独。襲い来る野犬たち。〈ぼく〉を見舞う試練はあまりにも激烈で、読み手の肉に刺さるような臨場感に満ちている。その上、ひさびさの収入に喜ぶ母親を思う〈ぼく〉の苦労は報われないどころか、最後に極めつけの大試練（なかなかひと夏で一人の少年がこれほどひどい目に遭えるものではない、というほどの）が待ちうけているのである。そこには教訓も寓意もない。ただ生きるために戦う少年の汗と血があるばかり。だからこそ、そのひたむきな奮闘は焼けつくような痛みを伴って読み手の胸を打つ。これは、ヨットで太平洋を横断した青年に勝るとも劣らない、一人の少年のまぎれもない冒険譚だ。

一方、その冒険を陰で支える母親もまた本作においては終始気になる存在感を漂わせている。母は強し。その一語に尽きるのかもしれないが、散々な目に遭った上に父親の背徳まで垣間見た少年の話が悲壮感をもって終わらないのは、誰よりも夫から痛めつけられているはずの母親が、息子の前ではあくまでも巨岩のようにどんと構えているからだろう。母性溢れる最後の台詞「目の玉に当たらんで、ほんまによかったなァ」に、〈ぼく〉同様に心をほぐされた読者も少なくないのではないか。

母親がキーパーソンの役目を果たすのは、「赤ん坊はいつ来るか」でも同様だ。読み手をも暗い水底へ誘うような危うさを孕んだこの一篇において、主人公の〈ぼく〉が回想する母親は、一人鮮やかに屹立する灯台のような人だ。赤ん坊ほしさに心を壊す隣家の妻。追いつめられた末に金で赤ん坊を買おうとする夫。博打に負けて背中の刺青を肉ごと切りとられた男。暗い現実があまりに重なると、人はどこかで麻痺していく。そんな馬鹿なと思えず、そんなものだと思うようになる。が、日々の生活に追われながらも隣家の夫妻を常に思いやっている〈ぼく〉の母親は、川から自分たちの赤ん坊が流れてくるはずだと訴える人妻に流されず、共に沈まず、決然と言う。「ほんなら、小沢さんの赤ちゃんを捜そ」。そして実際、懐中電灯を握りしめ、夫妻を川へ導いていくのである。世界の捻れに屈しないその威勢もさることながら、私は最後に彼女がつぶやくなんでもない一語に救われる思いがした。「世の中には、恐ろしいことをする人らがいてるもんやなァ」

無論、女の誰しもが人の母として存在するわけではない。「チョコレートを盗め」では家庭を持たないおでん屋の女将が描かれているが、身持ちが堅いと思われている彼女の過去には暗い影がある。その闇に潜んでいたものが最後に顔を覗かせる瞬間、ぞくっとするような戦慄と共に、家庭に希望を見出せなかった女の切なさがひしと迫ってくる。

過去に影を持つのは「暑い道」の鮮烈なヒロイン、さつきも同様だ。美しい混血の少女である彼女がどんな男も受け入れる女神のような包容力を持つに至った陰には、伯父をして淫売となじらせる母から生まれた屈折が見え隠れしている。故に、彼女は男と交わるたびに「一番好き」と心の上位を強調せずにいられなかったのかもしれない。自己破壊的な人恋しさを抱えた美少女の行く末は推して知るべしだが、だからこそ余計に、最後の最後に現れた意想外の相手（私は彼が大好きだ）には心からの喝采を送りたくなった。

家族の影を引きずる女たちの一方で、本書全体を通じて、男たちは父や夫である以前にまずどこまでも男として存在している印象が強い。たとえば、所帯持ちでありながらも妻子の匂いを感じさせない「香炉」の〈私〉。そして、自ら営む喫茶店に通う風変わりな女に惹かれる「ホット・コーラ」の英男。この両篇は共に謎を追うミステリータッチで綴られているけれど、今ある現実に対してどこか心ここにあらずというか、摑みどころなく揺蕩《たゆた》うような主人公たちの男心も、私には普遍のミステリーに思えた。

不思議な怖さを感じさせるのは「駅」だ。五十路を過ぎた〈私〉がローカル線のホームに居合わせた男にその駅との因縁を物語るこの小説は、意外な展開を遂げる過去の恋愛話もさることながら、しばしば語り手を動揺させるある音が妙に気になる一篇だ。駅のホームにいる〈私〉の耳へ届く猛禽の声――具体的な響きや正体が明かされていないからこそなお不気味な描写がくりかえされるほどに、私にはそれがこの世ならぬものに思われてきてならなかった。ほろ酔い気分の男が吐露する過去の不義を、生涯笑顔を絶やさなかったという亡き妻はとうにお見通しだったのではないか。

昭和の男といえば頑固一徹、黙して語らず、口より先に手が出るイメージがあるけれど、最もその像に近いのは「力道山の弟」の〈私〉が振り返る父親かもしれない。同時に、私が最も摑みがたさを感じたのもその父だった。彼の友人の元内縁の妻、喜代ちゃんに対する並々ならない執心の底には何があるのか――最初は色恋絡みと踏んでいたものの、安っぽいいかさま師と関係を持った喜代ちゃんへ示す尋常ならざる怒りの核にあるものが顔を覗かせてくるにつけ、通り一遍の昭和の男像では括れない彼の人間としての奥行きが広がっていった。喜代ちゃんといかさま師の間にできた娘に偽物の釘を見せ、「これは鉄と違う。ハンダや」と笑うあたりはけっこう人が悪くもあるが、生涯、手元にいかさま師由来の力動粉末を置いていたところを見ると、語られざる何かをまだ胸懐に秘めていたのかとも思えてくる。彼の真意が気になるのと同時に、一筋縄ではいかないこの男をはたして喜代ちゃんの方はどう思っていたのかも気になる読後感だった。

最後に――読み返すほどに人間への興味が深まる本書の魅力は、かくも多彩な〈男〉と〈女〉の生きる姿が、収められた九篇中の五篇において〈少年〉のまなざしで語られている点にもある。見たもの聞いたものをまっすぐ受けとめる体力を備えた瞳。解釈に長《た》けた大人たちとは別種の強さをもって、彼らは世界に立ちむかう。そして大概は敗れるのだが、その先に広がる彼らの未来――目の前の悲劇を飛びこえた先にある可能性が、読み手に救いを残してくれる。

その観が顕著な「階段」では、主人公の〈私〉が高校時代に陥った地獄の日々を回顧する。父親の暴力に起因する頭痛に苦しむ母親が、よかれと思った兄の助言で酒を口にする。たちまちアルコール中毒となり、金を持てば酒で使いはたし、酔っては市電のレールに寝転んで「轢《ひ》いてえなァ」と肌も露わな醜態を晒す。父親はとうに蒸発しているし、兄の助けも得られない。この辛苦を極めたどん底で、〈私〉はもはや母と言えない母と暮らすアパートの階段に来る日も来る日も座りつづける。彼にはまだ母親を助ける力はない。母親を殴りたい衝動にも、金への誘惑にも抗《あらが》えない。それでも、少なくとも彼は逃げずにそこへ留まりつづける。自らの暴力性や邪《よこしま》な心から目を逸らすことなく向きあい、母親の側に居続けることで、彼はやはり母親を守っていたのだと思う。

最後の一語まで吸い尽くすように読み、ぱたんと本を閉じる。よし、と思う。四の五の言わずに生きていこう、と。それが宮本輝の小説だ。


（作家）

初出誌

真夏の犬　　新潮　　一九八八年五月号
暑い道　　別冊文藝春秋　　一九八七年夏（百八十号）
駅　　太陽　　一九八七年七月号
ホット・コーラ　　小説新潮　　一九八七年十月号
階段　　文學界　　一九八八年四月号
力道山の弟　　小説新潮　　一九八九年三月臨時増刊号
チョコレートを盗め　　文學界　　一九八九年三月号
赤ん坊はいつ来るか　　中央公論　文芸特集　　一九八九年冬季号
香炉　　文學界　　一九九〇年二月号

本書は一九九三年に文春文庫として刊行された「真夏の犬」の新装版です。

文春文庫

真《ま》夏《なつ》の犬《いぬ》

定価はカバーに表示してあります

2018年4月10日　新装版第1刷

著者　宮《みや》本《もと》輝《てる》
発行者　飯窪成幸
発行所　株式会社　文藝春秋

東京都千代田区紀尾井町3-23　〒102-8008
TEL　03・3265・1211㈹
文藝春秋ホームページ　http://www.bunshun.co.jp

落丁、乱丁本は、お手数ですが小社製作部宛お送り下さい。送料小社負担でお取替致します。

印刷製本・凸版印刷

Printed in Japan
ISBN978-4-16-791054-9

（　）内は解説者。品切の節はご容赦下さい。

村田喜代子
光線
原発事故のニュースが流れる中、自身の癌に放射線治療を受ける女——表題作「光線」をはじめ、「原子海岸」「ばあば神」「楽園」など、短篇の名手が震災後の生を問う八篇。（玄侑宗久）
む-6-5

村上　龍
希望の国のエクソダス
二〇〇一年秋、八十万人の中学生が学校を捨てた！　経済の大停滞が続く日本で彼らはネットビジネスを展開し、遂には世界経済を覆すが……。現代日本の絶望と希望を描いた傑作長篇。
む-11-2

村上　龍
空港にて
コンビニ、居酒屋、カラオケルーム、空港……。日本のどこにでもある場所を舞台に、時間を凝縮させた手法を使って、他人とは共有することのできない個別の希望を描いた短篇小説集。
む-11-3

森　敦
月山・鳥海山
雪に閉ざされた山村での暮らし。そこで出会う幽明の世界。圧倒的力量で話題をさらった芥川賞受賞作「月山」の他「天沼」「初真桑」「鴎」「光陰」「かての花」「天上の眺め」収録。（小島信夫）
も-2-2

森　絵都
漁師の愛人
漁師・長尾とその「愛人」の紗江の二人が辿り着いたのは日本海。ずるい男と知りながらも彼と離れられない——不思議な三角関係を描く表題作ほか色彩豊かな短篇集。（東　直子）
も-20-9

山崎豊子
大地の子
（全四冊）
日本人戦争孤児で、中国人の教師に養育された陸一心。肉親の情と中国への思いの間で揺れる青年の苦難の旅路を、戦争や文化大革命などの歴史を背景に壮大に描く大河小説。（清原康正）
や-22-1